게임 씹어먹는 엑스트라 3

월문선 퓨전 판타지 소설

초판 1쇄 찍은 날 § 2020년 8월 25일
초판 1쇄 펴낸 날 § 2020년 9월 1일

지은이 § 월문선
펴낸이 § 서경석

총괄팀장 § 노종아
편집책임 § 최이슬
디자인 § 공간42

펴낸곳 § 도서출판 청어람
등록번호 § 제387-1999-000006호
등록일자 § 1999. 5. 31
어람번호 § 제1-3079호

주소 § 경기도 부천시 부일로 483번길 40 서경B/D 3F (우) 14640
전화 § 032-656-4452 팩스 § 032-656-4453
http://www.chungeoram.com
E—mail § chungeorambook@daum.net

ISBN 979-11-04-92240-4 04810
ISBN 979-11-04-92218-3 (세트)

게임 씹어 먹는 엑스트라

월문선 퓨전 판타지 소설

FUSION FANTASTIC STORY

도서출판

청어람

목차

Chapter 1 · 007

Chapter 2 · 043

Chapter 3 · 081

Chapter 4 · 119

Chapter 5 · 157

Chapter 6 · 193

Chapter 7 · 229

Chapter 8 · 265

Chapter

1

[다리안 영주에게 자신감 증가(E) 스킬을 시전합니다.]

[다리안 영주의 충성도는 45입니다. 현재 당신을 믿고 의지할 수 있는 아들처럼 생각하고 있습니다. 자신감 증가 효율이 극대화합니다.]

[다리안 영주는 호감도에서 충성도로 진화한 상태입니다. 다리안 영주의 자신감이 일시적으로 145% 증가합니다.]

자신감 증가 스킬의 효율은 호감도에 따라 상승하고, 등급이 높을수록 지속 시간과 한 번에 시전할 수 있는 사람들의 숫자가 늘어난다.

그래서 호감도가 높은 사람들에게 스킬을 시전하는 편이 효과가 좋았다.

그리고 지금 나이젤이 다리안 영주에게 자신감 증가 버프를 건 상황.

다리안 영주는 자리를 박차고 일어났다.

"이런 날강도 놈을 봤나! 네놈이 뭔데 감히 비자금을 내놓으라고 하는 것이냐!"

다리안 영주는 로건을 향해 삿대질을 하며 호통을 쳤다.

생각지도 못한 다리안 영주의 행동에 응접실에 있는 모든 사람들은 어안이 벙벙해졌다. 소심하고 착한 다리안 영주가 화를 내다니?

조용하던 사람이 갑자기 강하게 나오자 다들 당황한 눈치였다.

하지만 로건은 눈에 힘을 주며 다리안 영주를 노려봤다.

"날 모욕했으니 그에 합당한 대가를 지불해야 할 것 아니오!"

"닥쳐라! 모욕은 네놈이 먼저 하지 않았더냐!"

응접실에 도착한 순간부터 로건은 다리안 영주를 속여 돈을 갈취할 속셈이었다.

그 사실을 다리안 영주도 모르지 않았다.

다만, 자신감이 없고 소심한 탓에 자기 할 말을 제대로 하지 못하고 상대방이 하자는 대로 전부 들어주었을 뿐.

그 때문에 무능하다는 소문이 났다.

하지만 나이젤이 몰래 걸어 준 자신감 증가 스킬 덕분에 그동안 못다 한 말들을 쏟아내기 시작했다.

"내가 우드빌 영지에 빌려준 돈이 얼마인지 알고 있느냐? 그 돈도 갚지 않았으면서 또 무슨 돈을 달라는 것이냐, 이 거지 놈들아!"

"뭐, 뭐라고?"

생각지도 못한 다리안 영주의 막말에 로건의 얼굴이 일그러졌다.

그에 반해 노팅힐 영지 측 인물들은 시원한 표정을 지었다.

그동안 월버와 우드빌 남작가는 노팅힐 남작가를 우습게 보았었다.

그런데 지금 다리안 영주가 시원하게 한마디 날린 것이다.

"지금 우리 영지와 해보겠다는 거요?"

로건은 눈알을 부라렸다.

불과 조금 전까지 자신과 눈도 마주치지 못하던 다리안 영주가 어째서 강하게 나오는 건지는 알 수 없었다.

하지만 지금 자신은 우드빌 남작가의 사절단 대표였다.

등 뒤에 우드빌 남작가가 버티고 있는 것이다.

그리고 다리안 영주가 믿는 구석이 있다는 사실 또한 물론 알고 있었다.

'가리안 백부장을 제외하면 쓸 만한 실력자가 없는 줄 알았는데……'

최근 망나니 십부장이라고 노팅힐 영지군에서 경원시하던 인물이 떠오르고 있다는 이야기를 첩자로부터 들었다. 월버 영지의 월터를 제압할 정도의 실력자라는 사실도.

'나는 월터 놈과 다르다.'

직접 전투를 보지 못한 로건은 월터가 방심하다 당한 거라 생각했다.

아니면 무언가 비겁한 수를 썼든가.

'분명 잔머리를 잘 굴리는 놈이겠지.'

오히려 그놈보다 전투 경험이 많은 가리안 백부장이나, 황색단에게서 구출된 아리아라는 여인이 요주의 대상이었다.

특히 아리아는 현재 몸 상태가 좋지 않다고 들었지만, 과거에 이름을 날렸던 헌터였다.

조심할 필요는 있었다.

그 외에 오합지졸밖에 없는 노팅힐 영지군 따위 무섭지 않았다.

지금 당장 사절단의 전력만 해도 막강했으니까.

사절단 대표인 로건은 가리안 백부장보다 아래이긴 하지만, 기사급 실력을 가진 중급 무장이 두 명이나 있었다.

거기다 하급 무장 대우를 받고 있지만, 실력만큼은 최고인 다니엘도 있는 상황.

아무리 믿는 구석이 있다고 해도 우드빌 남작가 앞에서는 고개를 숙일 수밖에 없었다.

하지만.

"날 모욕하다 못해 이제 협박까지 하는 것이냐? 내, 이 일은 우드빌 남작에게 엄중히 책임을 물을 것이다. 그리고 그동안 빌려간 돈도 받아야겠군."

"하."

다시 고압적인 다리안 영주의 말에 로건은 어이없는 표정을 지었다.

우드빌 남작가를 앞세우면 출타한 정신을 수습하고 다시 굽신

거릴 줄 알았다.

그런데 오히려 우드빌 남작에게 책임을 묻겠다니?

'어이가 없군.'

다리안 영주를 털러 왔다가, 아무것도 얻지 못하고 우드빌 영지로 돌아간다면 어떻게 될까?

당장 우드빌 남작가의 위신이 떨어질 것이고, 자신의 위치 또한 흔들릴 위험성이 있었다.

슈테른 제국에서 가장 멍청하고 무능한 호구 영주 다리안에게 쓴소리만 듣고 왔느냐면서.

분명 우드빌 남작에게 어마어마한 질책을 듣게 될 테지.

"그래서 비자금을 내놓지 못하시겠다는 말이오?"

"그렇다면 어쩔 건가?"

다리안 영주와 로건의 시선이 허공에서 날카롭게 맞부딪쳤다.

요주의 인물 중 한 명인 아리아는 지금 이 자리에 없었다. 그리고 잠재적 위협 요소가 되는 나이젤은 노팅힐 영지를 나가서 없는 상황.

로건은 입꼬리를 말아 올렸다.

"그럼 어쩔 수 없군. 남은 방법은 하나밖에……."

콰앙!

순간 응접실 문이 활짝 열렸다.

한창 서로를 노려보던 다리안 영주와 로건의 시선이 응접실 입구로 향했다.

그곳에 일련의 사람들이 있었다.

그리고 다리안 영주를 비롯한 해리와 루크, 가리안 백부장의 얼굴이 밝아졌다.

"나이젤 백부장!"

응접실에 들어온 인물들은 다름 아닌 아리아와 울라프를 데리고 온 나이젤이었으니까.

*   *   *

사절단이 왔다는 소리를 듣자마자 나이젤은 아리아가 어디에 있는지 확인했다.

그리고 딜런을 불러 당장 아리아를 데려오라고 지시를 내렸다.

덕분에 비교적 빨리 아리아와 함께 사절단을 맞이할 수 있었다.

"다리안 영주님, 가리안 백부장님, 그동안 별일 없으셨습니까?"

응접실에 들어간 나이젤은 다리안 영주와 가리안 백부장에게 고개를 숙이며 인사를 건넨 후, 해리와 루크에게도 눈빛을 보내며 고개를 끄덕였다.

"별일은 무슨. 자네가 무사히 돌아와서 정말 다행이네."

다리안 영주는 반갑게 나이젤을 맞아 주었다.

뒤이어 나이젤의 등 뒤에서 녹색 드레스를 입은 아리아가 모습을 보였다.

화려하지 않은 수수한 드레스였지만 움직이기 편해 보이고 귀품이 흘러넘쳤다.

드레스를 입고 있는 인물이 다름 아닌 아리아 플로렌스였으니까.

"안녕하세요. 다리안 영주님?"

아리아는 고개를 숙이고 드레스 자락을 살짝 들어 올리며 인사를 건넸다.

그녀가 가진 자애와 모성애만큼 풍요로운 몸매가 살짝 드러나는 드레스와 상냥한 분위기에 좌중들의 시선이 고정되어 떨어지지 않았다.

비록 드레스는 수수하기 짝이 없었지만 하프 엘프인 그녀의 아름다움을 빛바래게 할 수는 없었다.

특히 대부분의 남자들은 입을 벌린 채 아리아를 바라보고 있느라 정신이 없었다.

오직 나이젤을 제외하고.

용안의 능력 중 하나인 정신 방벽 덕분이었다.

"플로렌스 공."

그나마 현재 자신감이 넘치는 중인 다리안 영주가 가장 먼저 정신을 차리고 그녀의 인사를 받았다.

"그런데 조금 아쉽네요. 오늘 같이 중요한 일이 있으면 절 불러 주셔도 됐는데."

아리아는 씁쓸한 미소로 다리안 영주와 우드빌 영지의 사절단을 바라봤다.

나이젤에게서 빨리 오라는 연락을 받았을 때는 조금 실망스러웠다.

다른 영지에서 사절단이 오는 중요한 날에 다리안 영주가 자신을 불러 주지 않았으니까.

"미안하네. 난 플로렌스 공이 아이들과 함께 있는 게 더 낫다고 생각했거든."

"그건… 신경 써 주셔서 감사하네요."

다리안 영주의 말에 아리아는 씁쓸함과 실망감이 눈 녹듯이 사라졌다.

자신과 아이들을 위해서 부르지 않았다는 사실을 알게 되었으니까.

그리고 무엇보다 아이들을 생각한 점을 아리아는 높게 평가했다.

"다음부터 이런 일이 있으면 부담 없이 불러 주세요."

"알겠네, 플로렌스 공."

"그리고 아리아라고 불러 주세요."

"그러지, 아리아 공."

다리안 영주는 한결 마음이 풀린 얼굴로 답했고, 아리아 또한 밝은 미소를 지어 보였다.

'허.'

그리고 그 모습을 본 가리안 백부장과 해리는 놀란 표정을 지었다.

그들에게는 놀람의 연속이었다.

눈도 마주치지 못했던 로건에게 주눅이 들지 않고 속 시원한 말을 날리지를 않나,

평소 소심한 성격 탓에 여성을 잘 대하지 못했었는데 지금은 아리아와 아무렇지 않게 대화를 나누고 있었다.

놀라지 않을 수 없었다.

그리고 놀라고 있는 건 그들뿐만이 아니었다.

'설마 이 정도까지 효과가 좋을 줄이야.'

나이젤 또한 속으로 놀라고 있었다.

생각보다 다리안 영주에게 자신감 증가 약발이 너무 잘 받았기 때문이다.

"그런데 이쪽은……."

다리안 영주는 아리아 뒤에 있는 인물을 바라봤다.

인간보다 작은 키를 가진 존재.

"다리안 영주님, 이쪽은 샤이엔 광산 마을의 그랜드 공방장 울라프입니다."

"안녕하십니까, 노팅힐 영주님. 만나 뵙게 돼서 영광입니다."

나이젤의 소개에 한 걸음 앞으로 나선 울라프는 호탕하게 웃으며 인사를 건넸다.

그러자 응접실에 있던 인물들 전원이 놀란 표정을 지었다.

"샤이엔 광산의 그랜드 공방이라고?"

"드워프들 중에서도 장인들로 인정받은 자들만 있는 곳 아닌가?"

"그런데 공방장이라니?"

여기저기서 쑥덕거리는 소리가 들려왔다. 샤이엔 광산 마을의 그랜드 공방은 슈테른 제국 동부 지역에서 상당히 유명했으니까.

"나야말로 유명한 그랜드 공방장을 만나 영광이네."

다리안 영주는 미소를 지으며 울라프를 반갑게 맞이했다.

이전 같았으면 울라프와 만나는 건 꿈도 꿀 수 없었다.

다리안 영주는 드워프들의 무구를 구입할 수 있을 만큼 돈이 없었기 때문이다.

그 때문에 드워프들과의 교류는 생각조차 할 수 없는 일이었다.

그런데 설마 나이젤이 다른 누구도 아닌 명장으로 유명한 그랜드 공방장 울라프를 데리고 올 줄이야.

황색단의 비자금을 손에 넣은 게 컸다.

"저쪽 분들은 선객입니까?"

울라프는 우드빌 영지에서 온 사절단을 바라봤다.

그러자 모두의 시선이 로건에게로 향했다.

그들의 시선에 로건은 자기도 모르게 식은땀을 흘렸다.

시선이 굉장히 날카로웠으니까.

"그렇네. 우드빌 영지에서 온 사절단이지."

다리안 영주는 퉁명스러운 표정으로 사절단을 바라보며 답했다.

나이젤이 아리아와 울라프를 데리고 오기 전까지만 해도 실랑이를 벌이고 있었으니까.

"이런 곳에서 울라프 공방장을 보게 될 줄은 몰랐군."

로건은 울라프를 바라보며 알은체를 했다.

우드빌 영지뿐만이 아니라, 슈테른 제국 동부 지역 영주들은 드워프들에게 종종 의뢰를 맡겼다. 병장기부터 시작해서, 개인 전용 무구 제작까지.

그 때문에 드워프들이 다른 영지에 파견 나가 일을 하는 경우가 많았다.

드워프들의 기술력은 대륙 최고였으니까.

"네. 오랜만입니다, 로건 님."

"자네가 어째서 노팅힐 영지에 와 있는 건가?"

"일 때문에 왔지요."

"일이라고?"

울라프의 말에 로건은 의아한 표정을 지었다.

대체 울라프나 되는 명장이 무슨 일로 노팅힐 영지 따위에 왔단 말인가?

"무슨 일이지?"

"죄송하지만 클라이언트의 의뢰는 비밀이라 말할 수 없습니다."

단호한 목소리로 말한 울라프는 한 걸음 물러나며 나이젤을 바라봤다.

그리고 자신을 바라보며 희미하게 웃고 있는 나이젤의 모습을 볼 수 있었다.

'역시 방심할 수 없는 분이군.'

울라프는 속으로 쓴웃음을 지었다.

기본적으로 고객의 의뢰는 비밀이었다. 설령 누구나 다 알 수 있는 의뢰라고 해도 말이다.

그 점에서 아무 말 하지 않고 물러난 울라프에 대해 나이젤의 신용도가 조금 더 올라갔다.

그리고 그런 드워프들의 방침을 알고 있는 로건은 인상을 찡그리며 다리안 영주를 노려봤다.

"다리안 영주, 대체 무슨 일을 벌이려고 하시오? 순순히 대답하는 게 좋을 거요."

로건은 날카로운 눈으로 다리안 영주를 노려봤다.

모든 게 의심스러웠다.

소심하고 착한 성격 탓에 무능한 다리안 영주가 강하게 나오고, 슈테른 제국 동부 지역에서 유명한 명장 울라프가 노팅힐 영지에 와 있었다.

무언가 꿍꿍이가 있는 게 아닐까?

그런 그에게 나이젤이 한마디 했다.

"그걸 당신이 알아서 뭐 하게?"

"뭐, 뭣?"

심드렁한 목소리의 나이젤의 말에 로건의 얼굴이 일그러졌다.

자신이 누구던가.

우드빌 남작가의 사절단 대표이며, 상급 기사이자 무장이었다.

그런데 새파랗게 어린놈이 반말을 해 오다니?

"이놈이 미쳤구나! 죽고 싶은 거냐!"

"뭐? 우리 나이젤 백부장에게 무슨 소리를 하는 것이냐! 이 자리에서 목을 쳐 줄까!"

로건의 말에 다리안 영주가 삿대질을 하며 소리쳤다.

한순간에 응접실의 분위기가 험악해졌다.

다리안 영주를 시작으로 사절단을 노려보는 해리와 루크의 시선은 곱지 않았다.

특히 그들 중에서 말없이 노려보는 아리아가 가장 위험했다.

평소 상냥한 분위기와 다르게 싸늘한 살기가 눈빛에 담겨 있었으니까.

하긴, 그럴 수밖에.

그녀는 고유 능력 일그러진 모성애로 인해 나이젤을 자신의 소중한 아이 같은 존재로 여기고 있었다.

나이젤을 지키기 위해서라면 수단과 방법을 가리지 않을 터.

그런 그녀 앞에서 로건은 멍청하게도 나이젤을 죽이겠다고 선언한 것이다.

그 때문에 지금 그녀는 싸늘한 살기가 담긴 눈으로 로건을 노려보고 있었다. 자신의 아이를 건드리면 이마에 바람 구멍을 내버리겠다고.

'이놈들이……!'

자신을 노려보는 노팅힐 영지 인물들을 마주 노려보며 로건은 이를 악물었다.

대체 눈앞에 있는 저 청년이 얼마나 대단한 인물이기에 그들이 이렇게까지 반응한단 말인가?

놀라기는 나이젤도 마찬가지였다.

'이 사람들이 왜 이래?'

원래는 나이젤이 로건과 대화를 나누며 끝을 내려고 했다.

그런데 그보다 먼저 다리안 영주가 화가 난 표정으로 소리를 치며 선수를 쳤다.

그 뒤를 이어 가리안 백부장과 아리아가 나이젤 앞을 막아섰다.

마치 어미가 새끼를 보호하듯이.

'나쁘지는 않지만……'

과보호스러웠다.

"그쯤 하시지요."

그때 우드빌 사절단에서 한 인물이 앞으로 나섰다.

다니엘 크라이튼.

삼국지로 치면 태사자에 해당하는 충직한 인물.

나이젤은 다니엘을 가만히 바라봤다.

그는 인간이 아닌 늑대족이었다.

겉모습은 인간과 별다를 바 없었으나 늑대 귀와 꼬리를 가지고 있었다.

나이는 20대 후반이었으며, 짧고 검은 머리카락과 푸른 눈을 가진 강인하고 충직한 인상의 사내였다.

트리플 킹덤 게임에서 그는 충성스럽고 정의감이 강한 고집스러운 성격의 인물로 나온다.

그가 앞으로 나서자 나이젤은 살짝 긴장했다.

지금 이 자리에서 그와 맞설 수 있는 존재는 아리아뿐이었으니까.

무력만 놓고 본다면 다니엘은 로건보다 훨씬 강하며 아리아와 비슷한 수준이다.

하지만 삼국지에서 허소(허자장) 격인 인물인 데이비드에게 비웃음을 듣는다는 이유로 우드빌 남작은 다니엘을 중용하지 않고 홀대하고 있었다.

삼국지에서 허소가 유요에게 태사자가 배신할 상이 보인다고 평했던 것처럼, 트리플 킹덤에서도 마찬가지였다.

그럼에도 다니엘은 우드빌 남작가에 붙어서 고지식하게 충성을 다하고 있었다.

언젠가 자신의 충성과 가치를 알고 중용할 거라 믿으면서.

"조금 전의 무례는 사과드리겠습니다."

다니엘은 허리를 숙여 보였다.

갑작스러운 그의 행동에 응접실에 있던 모두는 놀란 표정을 지었다.

"다니엘 크라이튼! 지금 이게 뭐 하는 짓인가!"

로건은 다니엘을 질책하듯 소리쳤다.

자신들이 왜 다리안 영주 따위에게 사과를 해야 한단 말인가!

"로건 대장님도 그쯤 하시고 이제 그만 물러납시다."

"뭐?"

다니엘의 말에 로건의 얼굴이 사정없이 일그러졌다.

물러나자니?

이건 또 무슨 개소리란 말인가?

다니엘은 로건의 귀에 대고 작은 목소리로 속삭였다.

"지금은 우리가 불리합니다. 차라리 다음을 노리심이……."

"지금 이대로 물러나자는 말인가?"

"네."

단호한 다니엘의 말에 로건은 이를 악물었다.

상황이 이상하게 돌아가고 있다는 건 로건도 인지하고 있었다.

예상보다 노팅힐 영지의 인물들의 반응이 강경했으니까.

특히 소심하고 무능한 다리안 영주가 강하게 나올 줄은 생각지도 못했다.

예전 같았으면 어쩔 줄 몰라 하며 자신의 눈치를 보고 있어야 하는데 말이다.

어디 그뿐인가?

나이젤이라는 청년은 자신보다 약해 보였으나 그렇다고 완전히 아래라는 생각이 들지 않았다.

그리고 아리아 플로렌스도 분명 전성기 때보다 약해져 있음에도 불구하고 왠지 모를 섬뜩함이 느껴졌다.

거기에 슈테른 제국 동부 지역에서 무구 제작으로 유명한 그랜드 공방장 울라프까지.

'일단 울라프는 건드리면 안 돼.'

울라프는 동부 지역에서 성능 좋은 병장기나 무구들을 제작하는 중심인물이었다.

그의 눈 밖에 난다면 드워프제 병장기나 개인 무구, 액세서리들을 구매하지 못하는 불상사가 생길 수 있었다.

하지만 이대로 물러날 수는 없었다.

"안 돼. 여기서 물러나면 우리 체면이 뭐가 되겠나? 우드빌 남작님을 위해서라도 그럴 수 없어."

적어도 체면은 세워야 했다.

노팅힐 영지에서 자신들의 위신을 보여 주지 않으면 다른 귀족들이 우드빌 남작가를 얕잡아 볼 것이다.

아마 물고 뜯고 씹어 대겠지.

슈테른 제국의 귀족사회는 아귀다툼과 다름없었으니까.

그리고 무엇보다 당장 우드빌 남작이 자신들을 가만 놔두지 않을 터.

하지만 이쪽에는 아직 숨겨둔 패가 있었다.

로건은 물끄러미 다니엘을 바라봤다.

무장들 중에서 직급은 낮으나, 실력만큼은 우드빌 영지 최고인 인물.

상급자인 자신의 명령과 달콤한 보상을 내건다면 다니엘도 움직이지 않을 수 없었다.

"다니엘 크라이튼, 네가 나서라. 네가 저놈들에게 힘의 차이를 보여 줘라."

현재 이곳에서 로건이 생각하기에 가장 강한 인물은 다니엘이었다.

과거 이름을 날린 A급 헌터 아리아가 있었지만, 황색단 지하실에서 무슨 일이 있었는지 알고 있었다.

아직 그녀는 전성기 시절의 힘을 회복하지 못했다.

그에 반해 다니엘은 지금이 바로 전성기였다.

아무리 아리아가 강하다고 해도 다니엘의 상대가 될 수 없을 터.

그러니 다니엘이라면 노팅힐 영지 놈들에게 힘의 차이를 보여 줄 수 있겠지.

로건은 은근한 어조로 조용히 다니엘에게 말했다.

"네가 나서준다면 내가 반드시 우드빌 남작님을 설득해서 진급시켜 주마."

우드빌 남작가의 하급 무장, 다니엘.

현재 직책인 하급 무장도 사실상 명예직에 가까울 정도로 권

한이 없었다.

하지만 만약 로건이 밀어준다면?

우드빌 남작이 다니엘을 중용할 가능성이 생길 수 있었다.

다니엘에게도 나쁘지 않은 제의였다.

하지만.

"싫습니다."

"그래. 그래야… 뭐?"

순간 로건은 멍한 표정을 지었다.

다니엘에게서 믿을 수 없는 소리를 들었기 때문이다.

"책임은 제가 지겠습니다. 이대로 물러나시지요."

다니엘은 단호한 표정으로 고개를 흔들었다.

사실 그는 우드빌 남작가에 몸을 의탁한 후 처음으로 노팅힐 영지에 왔다.

그리고 노팅힐 영지로 가는 중에 사절단의 목적이 무엇인지 알았다.

그 때문에 사절단 임무가 탐탁지 않았다. 삼국지의 태사자처럼 그는 충성심과 정의감이 넘치는 인물이었으니까.

'어떻게 이런 짓을 할 수 있단 말인가?'

아무런 명분도 없이 노팅힐 영지에 와서 돈을 뜯는 게 목적이라니.

다니엘의 마음속에 우드빌 남작가에 대한 작은 실망감이 생겨났다.

"너……!"

그런 다니엘의 속마음을 모르는 로건은 인상을 찌푸렸다.

설마 다니엘이 자신의 명령에 불복할 줄은 몰랐으니까.

"이대로 물러나면 어떻게 될지 알고 말하는 거냐?"

"걱정 마십시오. 모든 책임은 제가 지겠습니다."

"쯧."

담담한 태도로 대답하는 다니엘의 말에 로건은 혀를 찼다.

다니엘이 움직이지 않는다면 지금 이 상황을 어떻게 할 수가 없었다.

다니엘의 말대로 물러나는 수밖에.

잠시 머리를 굴린 로건은 다리안 영주를 향해 시선을 돌렸다.

"다리안 영주님, 오늘은 이만 물러나 드리겠습니다. 하지만 다음에는 곱게 넘어가지 않을 테니 각오해 두는 게 좋을 겁니다."

로건은 경고하듯 한마디 했다.

결국 다니엘의 말에 따르기로 한 것이다. 사절단 임무에 대한 실패를 다니엘이 전부 책임져 주기로 했으니까.

물론 책임을 완전 회피할 수는 없을 테지만, 최소화할 수는 있었다.

하지만 지금 문제는 그게 아니었다.

"허허. 참으로 오만방자하구나. 흙발로 쳐들어올 때는 언제고, 이제는 마음대로 나가겠다고?"

다리안 영주는 곱지 않은 시선으로 로건을 노려봤다.

노팅힐 영지군의 표어가 무엇이던가.

들어올 때는 마음대로지만 나갈 때는 아니다.

그런데 지금 로건은 노팅힐 영지에 와서 깽판을 쳐 놓고 그냥 나가겠다고 한다. 아니, 그냥 나가는 것도 아니고 경고까지 남기고.

이전처럼 자신감이 없는 상태였으면 모를까, 현재 다리안 영주는 자신감이 145%로 증가한 상태였다.

당연히 로건을 그냥 보낼 생각이 없었다. 적어도 사과 한마디는 들어야 하지 않을까?

"다리안 영주님."

그때 나이젤이 앞으로 나섰다.

나이젤은 다리안 영주를 바라보며 고개를 살며시 저었다.

그러자 노팅힐 영지 일행은 아쉬운 표정을 지었다.

나이젤이 우드빌 영지 사절단을 그냥 보내줄 거라 생각한 것이다.

자신들을 무시한 로건과 사절단에게 사과도 듣지 못하고 그냥 보내줘야 한다니 굉장히 아쉬웠다.

하지만 나이젤이 그냥 보내 줄 생각이라면 존중해 줄 요량이었다.

다리안 영주를 제지한 나이젤은 로건을 바라봤다.

"로건 경, 오늘은 그냥 보내 드리도록 하겠습니다. 다만 오늘 있었던 일은 정식으로 우드빌 남작가에 항의하도록 하지요. 그리고⋯⋯."

나이젤은 잠시 말을 멈추며 미소를 지어 보였다.

아마 지금 미소를 딜런이 보았다면 당장 뜯어말리려 했을 것이다.

왜냐하면 나이젤이 항상 사고를 치기 전에 짓던 검은 미소였으니까.

"그동안 빌려간 돈 갚으라고 우드빌 남작님에게 전해. 공짜 좋아하는 대머리 새끼야."

"뭐? 이 자식이 뚫린 입이라고!"

나이젤의 도발에 발끈한 로건이 당장 달려들려고 했지만, 다니엘이 뒤에서 붙잡았기 때문에 그러지 못했다.

그리고 나이젤의 마지막 한마디에 사절단의 표정도 좋지 않았다.

하지만 다리안 영주를 비롯한 노팅힐 영지 일행은 속이 시원하다는 표정을 짓고 있었다.

그리고 해리와 루크는 역시라는 표정으로 고개를 끄덕였다.

망나니 십부장이라고 유명한 나이젤의 성격이 어디 가지 않았다고 생각했으니까.

"그럼 살펴 가세요."

나이젤은 사절단을 향해 손을 흔들어 주었다.

정확히는 다니엘을 향해서.

*   *   *

그 날 밤.

우드빌 영지 사절단은 노팅힐 영지를 떠났다.

나이젤의 도발 때문에 로건이 날뛰긴 했지만 그걸로 끝이었다. 다니엘이 로건을 붙잡고 물러난 것이다.

비록 마지막에 씁쓸한 눈으로 나이젤을 보긴 했었지만.

나이젤이 로건을 도발한 이유를 다니엘도 잘 알고 있었다.

그 때문에 로건을 붙잡고 달래며 응접실을 떠나갔다.

'그도 영입해야겠지.'

로건을 데리고 응접실을 나갈 때까지, 나이젤은 다니엘과 눈빛을 주고받았다.

그래서 알 수 있었다.

다니엘의 마음속에서 작은 파문이 일고 있음을.

정의감이 높은 그가 로건이나 우드빌 남작의 행동에 대해 의심을 하지 않을 리 없었다.

아니, 이미 노팅힐 영지뿐만이 아니라 다른 곳에서 은밀히 벌이고 있는 악행을 조금씩 눈치채고 있었을 터였다.

지금 당장 그를 영입하지는 못하겠지만 머지않아 가능해질 것이다.

일단 씨앗이 뿌려졌으니까.

'이제 얼마 안 남았어.'

나이젤은 눈앞을 바라봤다.

하얀 달빛 아래에 스산한 분위기의 무덤들이 펼쳐져 있었다.

지금 나이젤이 서 있는 곳은 무덤가였다.

그리고 무덤가에서 가장 구석진 곳.

그곳에 볼품없이 세워진 커다란 무덤이 하나 있었다.

황색단 단원들의 무덤이었다.

나이젤은 말없이 무덤을 둘러봤다.

황색단원들은 영주성 지하에 일단 수감된 후, 전원 처형당했다.

그럴 만한 범죄를 저질렀으니까.

자신들의 사리사욕을 위해 어린아이들을 착취하고 결국에는 사망에 이르게 만들었고, 그 외에도 수많은 범죄를 저지른 용서받을 수 없는 죄인들이었다.

하지만.

"다음 생에는 착하게 살아라."

나이젤은 황색단원들의 무덤 앞에 화이트 튤립을 놔두고 몸을 돌렸다.

화이트 튤립의 꽃말은 용서였다.

그들은 이미 목숨으로 죗값을 치렀으니까.

*   *   *

황색단의 무덤을 떠난 나이젤은 발걸음을 멈췄다. 고아원 아이들의 무덤 앞에 도착한 것이다.

황색단 무덤과 다르게 정성들여 만들어진 무덤들.

나이젤은 아이들의 무덤을 바라봤다.

'몬스터 웨이브'까지 한 달.

주어진 시간은 길지 않았다.

하지만 아이들 덕분에 엔젤 더스트로 인한 영지민들의 피해를 최소화할 수 있었으며, 무엇보다 아리아를 구출하고 영입까지 할 수 있었다.

만약 황색단과 드잡이질을 하며 시간을 끌었다면 지금 이때 드워프들을 데리고 오지 못했을 것이다.

그리고 아리아를 영입하지 못했을지도 모른다.

"고맙다."

나이젤은 아이들의 무덤 앞에 꽃다발을 내려놓았다.

"다음 생은 좋은 데서 살기를."

더 이상 눈앞의 아이들과 같은 희생자를 내고 싶지 않았다.

자신의 곁에 있는 사람들이 죽는 모습도 보고 싶지 않았다.

'지키고 싶다.'

그동안 노팅힐 영지를 지키기 위해 뛰어다닌 탓일까.

노팅힐 영지에 대한 애착이 더 커졌다. 그리고 자신의 곁에 있는 사람들도 눈에 밟혔다.

그들과 함께 이 세계를 살아가고 싶었다.

그러기 위해서라면 수단과 방법은 가리지 않을 생각이었다.

설령 피로 물든 가시밭길을 걷게 된다고 해도.

'짊어져야 할 업보겠지.'

트리플 킹덤은 전란의 세상이니까.

죽이지 않으면 죽는 전쟁이 시작될 것이고, 그 속에서 살아남으려면 독해져야 한다.

그리고 이제 돌이킬 수도 없었다.

노팅힐 영지를 강화시키기 위해 많은 일들을 벌여 놓은 데다가, 이미 나이젤의 손은 피로 물들어 있었으니까.

수많은 몬스터들을 상대로 생명을 빼앗았으며, 당장 황색단원들만 해도 간접적으로 죽인 것이나 마찬가지였다.

거기다 허스트는 나이젤이 직접 목숨을 끊었다.

남은 건, 그저 앞으로 나아가는 것뿐.

이 세계에서 살아남고 소중한 것들을 지키기 위해서라면 어떤 희생이라도 감수할 생각이었다.

'흔들리지 말자. 이미 각오한 일이니까.'

그렇게 나이젤은 아이들의 무덤 앞에서 독하게 마음먹었다.

*   *   *

어두운 밤하늘에 하얀 별빛들이 떠오른 시각.

쾅!

오벨슈타인 공작가의 집무실에서 고성이 울려 퍼졌다.

"지금 그게 무슨 소리인가!"

집무실 테이블을 내려치며 프리츠 공작이 분을 이기지 못한 목소리로 소리쳤다.

"면목이 없습니다."

프리츠 공작 앞에 30대 중반으로 보이는 청년이 고개를 숙이고 있었다.

이름은 안톤 폰 베르너.

삼국지로 치면 이유 격인 인물로 프리츠 공작을 따르는 귀족이다.

"다른 영지에서 항의가 온다니?"

최근 프리츠 공작파의 반대 진영에서 항의 문서가 하루에도 수십 개씩 날아오고 있는 중이었다.

오벨슈타인 공작가에서 반대파 귀족 진영에 스파이들을 파견해 방해 공작을 벌이고 있다는 소문이 터졌기 때문이다.

당연히 프리츠 공작은 근거 없는 소문이라고 일축하며 자신과 관계없는 일이라고 해명하느라 정신이 없었다.

문제는 그뿐만이 아니다.

"아직도 테오도르에게 연락이 없나?"

"네."

"골치 아프군."

프리츠 공작은 눈살을 찌푸렸다.

'엔젤 더스트로 강화 병사들을 만들려고 했었는데……'

엔젤 더스트는 단순한 각성제가 아니었다. 복용을 하면 일시적으로 신체 능력이 상승한다.

그 점에 착안한 프리츠 공작은 엔젤 더스트로 강화 병사들을 만들 수 있지 않을까 생각했다.

그래서 테오도르에게 제국 동부 변경에 위치한 노팅힐 영지에서 엔젤 더스트 개발을 맡겼다.

변경 지역이라면 중앙 귀족들의 눈을 피할 수 있고, 무능하기로 유명한 다리안 영주가 다스리는 영지이니 비밀스러운 일을 하는 데 적격이었으니까.

그런데 불과 며칠 전, 보고를 하기로 한 날짜에 테오도르의 연락이 오지 않았다.

그로부터 며칠 뒤 오벨슈타인 공작가가 반대파 귀족 영지에서 방해 공작을 하고 있다는 소문이 터져 나왔다.

"어떻게 하시겠습니까?"

"어떻게 하긴 뭘 어떻게 해. 일단 반대파 놈들 입부터 막아야지."

프리츠 공작은 입안이 썼다.

반대파 귀족 진영에 방해 공작을 벌이고 있다는 사실을 알고 있는 자들은 소수였다.

심지어 첩자들조차 자신이 고용주라는 사실을 알지 못하는 상황.

'어디서 정보가 새어 나갔는지 철저히 조사를 해야겠군.'

프리츠 공작은 비밀 정보가 어디서 새어 나갔는지 알아보는 한편, 거세게 반발하고 있는 반대파 귀족들부터 달랠 생각이었다.

그리고 노팅힐 영지에서 테오도르가 어떻게 되었는지 첩자를 보내 조사도 해야 했다.

"누군지는 모르겠지만 내 계획을 방해한 걸 후회하게 만들어 주마."

테오도르에게서 연락이 끊기고 며칠 지나지 않아 방해 공작 중이라는 소문이 터졌다.

분명 그 두 가지 계획을 알고 있는 정체불명의 내부자가 농간을 부린 것일 터.

프리츠 공작은 우선 내부 결속부터 다지기로 결정을 내렸다.

*   *   *

다음 날.

아침부터 노팅힐 영지의 성채 도시는 분주했다.

나이젤이 데리고 온 드워프들이 도시의 대장장이들과 일반 노동자들을 모아서 외벽 수리를 시작한 것이다.

'한 달 안에 얼마나 수리할 수 있을까?'

나이젤은 성벽 유지 보수 상황을 확인했다.

[진행 사항: 영주 성벽(68%/100%), 도시 외벽(59%/100%).]

지난번에 확인했을 때보다 진척 상태가 조금 더 올랐다.

하지만 여전히 부족했다.

몬스터 플러드가 시작되기 전까지 나이젤의 목표는 최소 90% 였다.

하지만 문제는 보수 완료가 가까워질수록 진척 속도가 느려진 다는 사실이었다. 그래서 별수 없이 드워프들을 부른 것이다.

'그래도 이제 빠르게 성벽 보수를 할 수 있겠지.'

성벽 보수를 하기 위해 새롭게 대장장이들과 일꾼들을 뽑았 다.

그러기 위해 나이젤은 현재 영지의 재정을 책임지고 있는 해 리와 루크를 살살 쥐어짰다.

성벽 보수에 들어가는 재료 구입과 일꾼들에게 지급할 돈이 필요했으니까.

만약 나이젤이 구한 희귀 금속 주괴들과 황색단의 비자금이 없었다면 해리와 루크는 과로사 했을지도 몰랐다.

노팅힐 영지에서 거둬들이는 세금만으로는 성벽 보수를 하는 데 쓰기에도 부족했기 때문에 어떻게든 자금 마련을 위해 뛰어 다녀야 할 테니 말이다.

'일단 1차 웨이브를 막아야 돼.'

몬스터 플러드는 제국 전역에서 일어나지만, 대부분 변두리 쪽에 집중적으로 나타난다.

내륙에도 나타나긴 하지만, 제국 중심부는 강력한 군사력을 가진 대귀족들과 영주들이 많기에 빠르게 제압할 수 있었다.

다만 변경 영주들이 위험한 편이었다.

'그래도 북부는 안전하겠지.'

혹한의 땅, 북부.

북부와 인접한 변경 영주들은 비교적 군사력이 강한 편이었다. 북부에는 위험한 혹한의 마수들이 득시글거리는 위험 지역이었으니까.

그나마 다행인 점은 마수들이 존재하는 위험 지역과 제국 북부의 경계는 높이가 수십 미터가 넘는 거대한 벽으로 가로막혀 있다는 사실이었다.

다만 문제는 이 벽 사이에 큰 협곡이 존재한다는 것.

이 협곡이 위험 지역과 북부 지역을 이어주는 단 하나의 길이며, 그렇기에 제국은 이곳에 요새를 만들었다.

제국 북부를 수호하는 요새, 이젤론.

이젤론 요새 덕분에 북부는 마수들의 침입으로부터 안전한 상황이었다.

그에 반해 다른 변경 영지들은 위험한 상황.

그래도 초기에는 그럭저럭 버틸 수 있을 것이고, 용병이나 헌터들을 고용해 대처할 수도 있었다.

'굳이 다른 영지들을 걱정할 필요는 없겠지만.'

나이젤은 속으로 쓴웃음을 지었다.

아무리 군사력이 떨어지는 영지라고 해도 노팅힐 영지보다 상황이 더 나았다. 그만큼 노팅힐 영지의 군사력은 다른 영지들과 비교하면 눈물이 날 만큼 처참한 지경이었다.

그나마 지금은 상황이 좋아졌지만.

'남은 건 무장 영입과 병사들인가?'

1차 웨이브가 시작하기 전까지, 꾸준히 병사들을 모집하면서 훈련을 빡세게 시키고 가능하면 무장들을 계속 영입할 생각이었다.

최대한 준비를 완료한 다음 영지민들과 병사들의 피해를 최소화시킬 생각이었으니까.

나이젤은 성채 도시 밖에서 일꾼들과 드워프들을 바라봤다.

지금 그들은 울라프의 지휘 아래 외벽 보수를 위한 견적을 짜는 중이었다.

도시 외벽을 잠시 둘러보던 나이젤은 그들에게 다가갔다.

"나이젤 백부장님 오셨습니까?"

나이젤이 다가가자 울라프가 인사를 건넸다.

"아침부터 고생하네. 상태는 어때?"

"나쁘지는 않네요."

"좋은 것도 아니지?"

"네."

울라프는 고개를 끄덕였다.

도시 외벽은 전체적으로 여기저기 금이 간 것으로도 모자라 내부적으로도 약해져 있었다.

"그래도 도시 외벽만 중점적으로 한 달간 수리하면 지금보다 훨씬 나아질 겁니다. 거의 수리가 끝날 테니까요."

"그럼 수성전도 가능할까?"

"물론입니다."

나이젤의 반문에 울라프는 씩 미소를 지었다. 그리고 나이젤도 만족스러운 미소를 지어 보였다.

몬스터 플러드가 시작되면 도시 외벽을 방패로 수성전을 치르게 된다.

그래서 어느 정도 수리가 된 영주성은 잠시 뒤로 미루고 도시 외벽을 중점적으로 손보기로 했다.

그 덕분인지는 몰라도 울라프는 한 달이면 거의 외벽 수리를 마칠 수 있다고 이야기한 것이다.

'정확한 건 한 달이 지나 봐야 알 수 있겠지.'

하지만 나이젤은 낙관하지 않았다.

항상 최악의 상황을 가정했다.

그래야 리스크가 적을 테니까.

"가능하면 동쪽 외벽을 중점적으로 수리하고 무기도 달아 줬으면 좋겠군."

"동쪽 외벽요? 일단 알겠습니다."

나이젤의 말에 울라프는 살짝 의아해했지만 고객의 요청이었기에 고개를 끄덕였다.

'1차 웨이브 때, 놈들은 대부분 동쪽에서 몰려오니까.'

트리플 킹덤 게임에서 노팅힐 영지에 몰려오는 몬스터들은 대부분 기간테스 산맥이 있는 동쪽 방면에서 나타났다.

그리고 성채 도시의 출입구는 각각 동쪽과 서쪽에 있으며, 북쪽과 남쪽은 외벽으로 막혀 있다.

또한 북쪽에는 청정한 산이 하나 있고 그 너머에 강이 존재하며, 나머지 동쪽, 서쪽, 남쪽은 평원이었다.

특히 대부분의 논과 밭은 서쪽 평원 전체에 걸쳐 조성되어 있었다.

동쪽 너머에는 기간테스 산맥이 있어서 위험하기 때문이다.

그렇게 나이젤과 울라프가 대화를 나누고 있을 때……

"나, 나이젤 백부장님!"

나이젤을 부르는 목소리가 들려왔다.

나이젤은 고개를 돌렸다.

그곳에 새하얗게 질린 표정으로 자신을 바라보고 있는 딜런이 있었다.

딜런은 떨리는 목소리로 소리쳤다.

"크, 큰일 났습니다!"

*   *   *

그 무렵.

다리안 영주는 영주성 응접실에서 위험한 인물을 맞이하고 있는 중이었다.

아크 대륙 최강의 용병단 크림슨 미드나이트의 단장이자 용병왕, 라그나 로드브로크.

아크 대륙에서 위험한 인물들 중 한 명인 라그나가 노팅힐 영지의 영주성을 방문한 것이다.

라그나는 맹수 앞에서 다람쥐처럼 떨고 있는 다리안 영주를
바라보며 차가운 목소리로 입을 열었다.

"그래서, 오리하르콘을 가진 나이젤이라는 인물은 어디 있지?"

Chapter

2

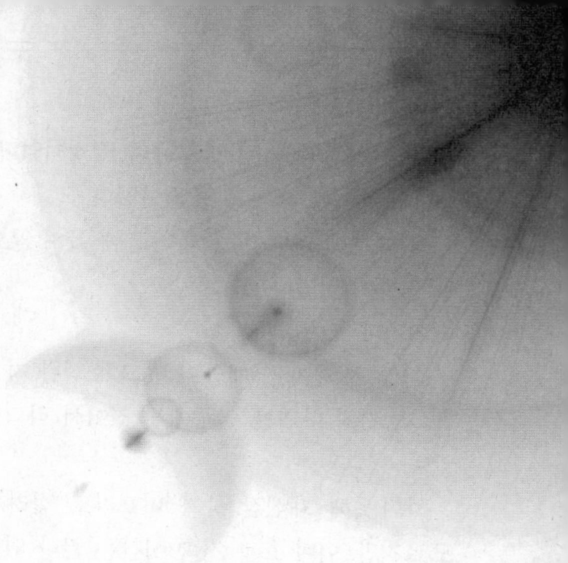

'드디어 왔구나.'

딜런에게 크림슨 미드나이트 용병단이 영지를 방문했다는 소식을 들은 나이젤은 빠르게 영주성으로 향했다.

'하필 서쪽 문으로 올 줄이야.'

동쪽 문으로 왔었다면 나이젤이 대응했겠지만, 그들은 서쪽 문으로 왔다.

거기다 어찌나 빨리 움직였는지, 서쪽 문을 지키는 경비병들로부터 연락이 있었을 텐데 나이젤에게 보고가 들어오기도 전에 벌써 영주성에 도착한 모양이었다.

아무리 노팅힐 영지라고 해도 대륙에서 유명한 크림슨 미드나이트 용병단을 모를 리 없었으니까.

그리고 그들의 목적은 분명 오리하르콘 주괴일 터.

다만 걱정되는 건 라그나의 성정이었다. 단순하고 기분파인 데다가 무엇보다 싸움을 좋아한다.

그 때문에 만약 자신의 마음에 들지 않으면 손부터 먼저 나가는 경향이 있었다.

거기다…….

'가장 큰 문제는 배짱이 없고 소심한 자를 싫어한다는 거지.'

그렇기에 다리안 영주에게 있어서 라그나는 천적이나 다름없었다.

하다못해 자신감 증가 버프라도 걸려 있었다면 괜찮을지도 모르지만, 이미 효과 지속 시간은 끝나 있었다.

자신감 버프가 끝난 직후 다리안 영주는 정신을 잃었다.

다시 소심한 성격으로 돌아가면서 로건과 대판 싸웠던 사실을 기억하고 놀라서 기절한 것이다.

'늦지 말아야 할 텐데.'

나이젤은 무영신법 두 번째 걸음, 질풍신보를 펼치며 속도를 올렸다.

바람처럼 성채 도시를 질주하며, 영주성에 도착했다.

"충성!"

영주성 입구에 도달하자 나이젤을 알아본 경비병 두 명이 경례를 해 왔다.

그들에게 고개를 끄덕인 나이젤은 빠르게 성문을 지나쳤다.

낮에는 왕래가 쉽게 성문을 열어 놓기 때문이다.

덕분에 외성 문을 빠르게 지나친 나이젤은 내성 정문 앞에 도착했다.

이제 정문을 지나 로비를 통과하고 조금만 더 가면 응접실이 나온다.

덜컥. 끼이익.

순간 나이젤 앞에서 정문이 활짝 열렸다.

"⋯⋯!"

나이젤은 놀란 표정을 지었다.

활짝 열린 정문 너머로 범상치 않은 기운을 흘리고 있는 인물들이 붉은 망토를 두르고 늘어서 있었으니까.

크림슨 미드나이트 용병단.

그들이었다.

"넌 뭐냐?"

그들 중 가장 앞에 있던 인물이 위압적인 목소리로 말했다.

나이젤은 그를 바라봤다.

180센티가 넘는 키와 허리까지 내려오는 화려한 붉은 장발의 사내였다.

그를 보자마자 나이젤은 기억 속에서 익숙한 이름이 떠올랐다.

"라그나 로드브로크?"

"날 알고 있나?"

조각처럼 잘생긴 라그나의 얼굴에 흥미가 떠올랐다.

'진짜 라그나 로드브로크라니⋯⋯.'

나이젤은 감개가 무량했다.

비록 위험한 인물이라 만나기가 껄끄러웠지만, 어쨌거나 그는 트리플 킹덤 세계관에서 최강자들 중 한 명이었으니까.

게임 속에서나 보던 그를 직접 보게 되자 감회가 새로웠다.

하지만 그것도 잠시.

"다리안 영주님은 어디 있지? 설마 건드린 건 아니겠지?"

나이젤은 날카로운 눈빛으로 라그나를 노려봤다.

딜런에게 듣기로 다리안 영주와 가리안 백부장이 응접실에서 용병단을 맞이했다고 했다.

그런데 응접실에 있어야 할 용병단은 영주성 정문에서 나오고 있었고, 그 어디에도 다리안 영주나 가리안 백부장의 모습은 보이지 않았다.

"건드렸다고 하면 어쩔 건데?"

라그나는 가소롭다는 미소를 지으며 나이젤을 노려봤다.

그와 동시에 싸늘하다 못해 섬뜩한 살기가 터져 나왔다.

어찌나 강렬한지 붉은 기운이 나이젤을 덮치는 것처럼 보였다.

'큭!'

나이젤은 침음성을 삼켰다.

전신을 짓누르는 압박감과 라그나에 대한 두려움이 피어올랐다.

[상태 이상 공포에 빠졌습니다.]

[용안의 정신 방벽이 발동합니다. 상태 이상 공포에 저항합니다.]

순간 거짓말처럼 마음이 평온해졌다.

여전히 압박감이 전신을 누르고 있었지만 버틸 만했다.

"오? 단장의 레드 피어를 버티네?"

"꽤 하는데?"

용병단원 몇 명이 나이젤이 버티는 모습을 보고 흥미로운 표정을 지었다.

조금 전 라그나는 단순히 살기를 발한 게 아니었다.

레드 피어(Red Fear).

살기만으로 상대를 제압할 수 있으며, 주로 용병들이 실력 테스트용으로 사용하는 간단한 스킬이었다.

하지만 그걸 사용하는 존재가 라그나라는 사실이 문제였다.

라그나가 사용하는 레드 피어는 어지간히 강한 존재가 아니면 대부분 기절 시킬 수 있을 정도로 강력했으니까.

"재밌군."

라그나는 흥미가 동한 얼굴로 나이젤을 바라봤다.

여전히 나이젤에게 압박을 가하고 있는 상황.

하지만 나이젤은 이를 악물고 라그나를 노려보며 버텼다.

"이것도 한번 버텨 보겠나?"

라그나는 즐거운 미소를 지으며 말했다.

쿠웅!

순간 조금 전까지는 장난이었다는 듯이 어마어마한 압력이 나이젤을 짓눌러 왔다.

그뿐만이 아니라 라그나에게서 눈에 보일 정도로 검붉은 살기가 피어오르고 있었다.

블랙 피어(Black Fear).

레드 피어와는 비교도 되지 않는 위력을 가진 실전용 견제 스킬이다.

전신을 압박하는 엄청난 살기 속에서 나이젤은 이를 악물고 버텼다.

용마지체가 된 덕분에 신체 능력이 상승했고, 용안의 정신 방벽으로 두려움과 공포를 이겨 낼 수 있었으니까.

"와, 미친 블랙 피어까지 버틴다고?"

"실력 좀 있나 본데?"

용병단원들은 놀란 눈으로 나이젤을 바라봤다.

레드 피어를 버텼을 때까지만 해도. 그냥 변경 영지에도 근성 있는 놈이 있구나 하는 정도였다.

하지만 블랙 피어는 다르다.

용병단원인 그들조차 이를 악물고 정신 똑바로 차려야 버틸 수 있으니까.

"그런데 얼마나 버티려나?"

"글쎄, 한 3분?"

"그럼 난 2분!"

용병단원들 사이에 내기 판이 벌어졌다.

라그나의 지옥 훈련을 거친 그들은 지금이라면 얼마든지 버틸 수 있었다.

하지만 과연 눈앞에 있는 시골 변경 영지의 촌뜨기는 몇 분이나 버틸 수 있을까?

용병단원들은 즐거운 눈으로 나이젤을 바라봤다.

전신을 짓누르는 압박감 속에서도 나이젤은 여유로운 표정을 지으며 용병단원들에게 한마디 했다.

"하루 종일 할 수도 있어."

블랙 피어를 버티느라 몸이 떨려왔지만, 약한 모습을 보이면 안 된다.

그를 두려워하고 약한 모습을 보이면 잡아먹힐 테니까.

'배짱까지?'

라그나의 입가에 미소가 번졌다.

그는 강자를 좋아한다.

나약한 놈에게는 관심이 없었다.

실제로 응접실에서 살짝 살기를 흘렸을 뿐인데 다리안 영주는 눈 뜬 채로 기절했다.

그 때문에 다리안 영주에 대한 관심은 급속도로 식었고, 노팅힐 영지도 그저 그런 시골 변경 영지 정도로 여겼다.

그런데 설마 블랙 피어를 버티는 자가 있을 줄이야.

[라그나 로드브로크의 호감도가 3 올랐습니다.]
[현재 라그나의 호감도는 41입니다. 라그나가 당신에게 관심을 가집니다.]

'좋아.'

눈앞에 떠오른 메시지를 확인한 나이젤은 속으로 미소를 지었다.

예상대로 라그나의 반응이 좋았기 때문이다.

그뿐만이 아니라 용안으로 본 라그나의 현재 감정은 즐거움이었다.

"제법 강단이 있군. 훈련시키면 쓸 만하겠어. 어떤가. 우리 용병단에 올 생각은 없나?"

라그나는 블랙 피어를 거두며 말했다.

덕분에 나이젤은 숨통이 트였지만, 라그나의 말에 놀랄 수밖에 없었다.

설마 입단 제의를 해 올 줄은 몰랐으니까.

"단장 마음에 제대로 들었나 보네."

"하긴 저 나이에 블랙 피어를 버티는 놈은 흔하진 않지."

다른 용병단원들도 긍정적인 눈으로 나이젤을 바라봤다.

나이젤 정도 나이에 블랙 피어를 버텼다는 말은 재능이 있다는 소리였고, 블랙 피어를 버텨 내는 게 크림슨 미드나이트 용병단의 입단 조건이기도 했다.

라그나는 탐이 난다는 눈빛으로 나이젤을 바라봤다.

단원들도 버티기 힘들어하는 블랙 피어를 눈 하나 깜박이지 않고 버텨 냈다.

그의 말대로 하루 종일 버틸 수 있어 보였다.

"내가 널 직접 훈련시켜 주마."

라그나가 보기에 나이젤은 아직 원석이나 다름없었다.

나름 훈련이나 수련을 했겠지만, 별 볼 일 없는 시골 변경 영지인 노팅힐에서 해 봐야 얼마나 했겠는가?

우물 안 개구리 수준일 테지.

그에 반해 라그나가 직접 나이젤을 훈련시킨다면 지금보다 훨씬 강하게 만들어 줄 수 있었다.

나이젤 입장에서도 용병단에 들어간다면 빠르게 강해질 수 있을 터.

[용병왕, 라그나 로드브로크와 그의 단원들이 당신을 마음에 들어
합니다.]
[용병단 입단 퀘스트가 시작됩니다!]
[서브 퀘스트: 크림슨 미드나이트.]
대륙 최강 용병단인 크림슨 미드나이트의 단장과 단원들이 당신에
게 호감을 보이고 있습니다. 당신의 힘을 증명하면 용병단에 입단할
수 있게 됩니다.
난이도: ?
성공 시: 크림슨 미드나이트 용병패, 1만 전공 포인트, 라그나의 비
호, 빠른 성장 보장.
실패 시: 보상 및 페널티 없음.

때마침 나이젤의 눈앞에 시스템 메시지가 주르륵 떠올랐다.
'어? 이건?'
나이젤은 속으로 놀란 표정을 지었다.
용병단 입단 퀘스트 창 밑에 중요해 보이는 시스템 메시지 하
나가 떠올랐기 때문이다.
시스템 메시지를 빠르게 확인한 나이젤은 다시 용병단 입단
퀘스트를 바라봤다.
이유가 어찌 되었든 입단 퀘스트가 발생했고, 보상도 제법 좋
은 편이었다.
비록 난이도가 물음표라 아무것도 알 수 없었지만, 실패로 인

한 페널티가 없다는 사실이 마음에 들었다.

하지만…….

"거절한다."

처음부터 나이젤은 용병단에 들어갈 생각이 없었다.

용병단에 들어가서 얻는 것보다 잃는 게 더 많을 테니까.

확실히 입단하게 되면 빠르게 강해질 수 있고, 세계관 최강자인 라그나의 비호를 받을 수 있었다.

하지만 그뿐이었다.

아무리 라그나가 인간을 초월했을 정도로 강하다고 해도 한계가 존재한다.

실제로 트리플 킹덤 게임에서 프리츠 공작 휘하에 들어간 크림슨 미드나이트 용병단은 대륙 공적이 되어 무장들에게 협공을 받아 전멸하게 된다.

아무리 용병단이 강하다고 해도 소수 정예였기 때문에 물량 앞에서는 장사가 없었다.

대륙 전체에는 용병단원들급 무장들은 상당히 많았으니까.

단지 라그나가 그들보다 훨씬 더 강할 뿐.

무력 90 이상이 넘어가는 무장들이 합심해서 덤벼든다면 아무리 라그나라고 해도 밀릴 수밖에 없었다.

그렇기에 나이젤은 강한 무력을 가진 무장들을 영입하려고 하는 것이다.

삼국지로 치면 관우나 장비, 태사자, 황충, 조자룡, 안량, 문추 등등.

강한 무장들이나, 유능한 인재들을 모아서 거대한 세력을 만드는 게 훨씬 나았다.

그러니 나이젤이 용병단에 들어갈 것이 아니라, 용병단이 나이젤의 품속으로 들어오는 게 가장 베스트였다.

물론 간단한 일은 아닐 테지만.

그뿐만이 아니라 영지를 운영할 내정형 문관들도 필요했다.

단지, 지금은 1차 웨이브를 막는 게 목표였기에 다소 군사 강화 쪽으로 치우쳐져 있을 뿐이었다.

'미션이나 퀘스트도 필요한 것만 해야지.'

나이젤은 미션이나 퀘스트에 구애받기보다 오히려 역으로 이용할 생각이었다.

영지 미션인 성벽 보수, 병사 모집, 내정 부서 설립을 진행하고 있는 이유도 목적과 일치하기 때문이었으니까.

전부 노팅힐 영지를 강화시키기 위함이었다.

그래야 최종적으로 이 세계에서 살아남고 자유로운 삶을 살 수 있을 터.

"우릴 거절하겠다고?"

나이젤의 대답에 라그나의 얼음 같은 얼굴에 금이 갔다.

자신들이 누구던가?

아크 대륙에서 최강이라 칭송받고 있는 용병단이었다.

대륙의 수많은 용병들과 헌터들이 크림슨 미드나이트 용병단에 들어오기 위해 줄을 서 있었다.

그런데 자신의 제의를 거절하다니?

"후회하지 않을 자신 있나?"

라그나는 나이젤을 지긋이 바라봤다.

신비한 느낌의 푸른 눈동자에는 어떠한 동요나 망설임도 보이지 않았다.

그저 신념만이 깃들어 있을 뿐.

'탐나는군.'

블랙 피어에 당한 놈들은 하나같이 두려운 눈으로 자신을 바라봤다.

아니, 눈조차 마주치지 못하는 나약한 놈들이 더 많았다.

그 때문에 자신의 앞에서 주눅 들지 않고, 당당하게 고개를 치켜들고 있는 나이젤이 마음에 들었다.

그뿐만이 아니다.

마스터 경지인 라그나의 감이 말하고 있었다. 눈앞에 있는 청년을 무조건 붙잡으라고.

그 때문이었을까.

라그나는 폭탄선언을 했다.

"너 내 제자가 되어라."

"……!"

라그나의 말에 용병단원들은 눈을 부릅뜨며 놀란 표정을 지었다.

용병단 입단 제의야 그렇다 쳐도, 설마 라그나가 제자로 맞이할 생각까지 있을 줄은 몰랐으니까.

"라그나 단장, 정말 저자를 제자로 들일 생각입니까?"

용병단의 군사, 아세라드는 놀란 얼굴로 말했다.

지금까지 라그나가 제자를 들이겠다는 소리를 한 적은 한 번도 없었다.

그런데 이런 변두리 영지에서 처음 만난 인물을 제자로 들이겠다고 할 줄이야.

"물론 하는 거 봐서지만."

라그나는 의미심장한 눈빛으로 나이젤을 바라봤다.

그는 나이젤이 마음에 들었다.

어떻게든 자신의 곁에 두고 싶었다.

그래서 자신의 제자 자리를 미끼로 던진 것이다.

"그건 좀……."

당기네.

나이젤은 라그나의 제자라는 말에 순간 혹했다.

그냥 일반 단원이 되는 게 아니라 라그나의 제자라니!

그의 기술을 배울 수 있다는 소리가 아닌가?

무려 세계관 최강자의 기술을 말이다.

하지만 나이젤은 고개를 저었다.

'어차피 용병단에는 갈 수 없어.'

나이젤의 목적을 이루려면 노팅힐 영지에 붙어 있어야 한다.

그뿐만이 아니다.

[경고! 에픽 미션(신화) 난이도의 페널티는 여전히 유효합니다. 유의해 주시기 바랍니다.]

용병단 입단 퀘스트 창이 뜬 다음, 시스템 경고 메시지가 떠올랐었다.

즉, 여전히 나이젤은 시스템 페널티 효과로 노팅힐 영지군에서 소속을 변경할 수 없는 상황.

에픽 미션(신화) 난이도 때문에 한 번 정해진 진영에서 벗어나려고 하면 게임 오버가 되어 심장마비로 사망하게 된다.

실제로 노팅힐 영지에서 나가려고 했다가 심쿵사를 당할 뻔하지 않았던가.

그런데 설마 용병단 입단이라는 서브 퀘스트가 발생할 줄이야.

'망할 시스템 같으니.'

어차피 페널티 때문에 소속 변경도 하지 못하는데 왜 용병단 입단 퀘스트가 발생한 건지 이해를 할 수 없었다.

사람 약 올리는 것도 아니고 말이다.

그나마 에픽 미션 난이도 페널티가 유효하다고 경고 메시지를 보내 줘서 다행이라고 해야 할지, 말아야 할지.

어쨌거나 나이젤은 자신을 고생하게 만든 놈들에게 언젠가 대가를 치르게 해 줄 생각이었다.

그렇게 잠시 머릿속을 정리한 나이젤은 라그나를 향해 입을 열었다.

"고마운 제안이지만 거절하지."

"내 제자가 되는 것도 싫다는 말인가? 내가 가진 기술을 배울 수 있는데도?"

라그나는 놀란 표정을 지었다.

사실 나이젤을 당장 제자로 받아들일 생각은 아니었다.

일단 용병단의 예비단원으로 지옥 훈련을 시키면서 나이젤의 성품이나 행동을 보고 제자로 받아들일지 말지 최종 결정할 심

산이었다.

즉, 자신의 제자가 될 수 있는 기회를 준 것이다.

그런데 설마 그 기회를 거부할 줄이야.

"기회가 왔을 때 잡는 것도 능력이라고 생각하지 않나?"

"기회는 기다리는 게 아니라 만드는 거니까. 내 갈 길은 내가 알아서 갈 거야."

나이젤은 라그나의 말에 한마디도 지지 않고 대꾸했다.

[용병왕 라그나의 호감도가 1 올랐습니다. 라그나가 당신을 마음에 들어 합니다.]

역시 게임에서처럼 라그나는 주눅 들지 않고 강한 모습을 보이는 인물을 좋아하는 모양이었다.

"보기보다 거물이군."

라그나는 보기 드물게 감탄한 얼굴로 나이젤을 바라봤다.

자신의 제안을 다른 사람이 받았다면 당장 무릎 꿇고 감사하다며 땅바닥에 엎드렸을 것이다.

그만큼 파격적인 조건이었으니까.

하지만 그런 좋은 조건들을 마다하고 제 갈 길을 가겠다고 할 줄이야.

자신과 똑같지 않은가?

라그나 또한 자유롭게 살기 위해 용병단을 만들었다.

어디에도 소속되지 않고 자유롭게 하고 싶은 것을 하며 살기 위해서.

비록 미래에는 몬스터 플러드를 비롯한 다양한 일들이 겹치면서 프리츠 공작의 휘하로 들어가게 되지만, 현재 시점에서는 그랬다.

어찌 보면 나이젤과 비슷한 면이 없잖아 있었다.

"우리에게 오고 싶다면 언제든지 말해라. 환영해 주마."

여전히 라그나는 탐이 난다는 눈빛으로 나이젤을 바라봤다.

그의 눈에 나이젤은 원석이나 다름없었다.

실제로 현재 나이젤의 상태는 용마지체가 된 덕분에 어마어마한 잠재 능력이 잠들어 있었다.

그 사실을 라그나는 소드 마스터의 감으로 은연중에 느꼈다.

그렇기에 나이젤과 연을 완전히 끊지 않고 열어 두었다.

미래에 어떤 일이 생길지 알 수 없는 법이었으니까.

"그러고 보니 아직 이름을 묻지 않았군. 넌 누구지?"

뒤늦게 라그나는 눈앞의 청년이 누구인지 묻지 않았다는 사실을 떠올렸다.

"나이젤. 노팅힐 영지군의 백부장이다."

"뭐?"

나이젤의 대답에 라그나와 용병단원들은 놀란 표정을 지었다.

그들이 노팅힐 영지에 온 이유가 바로 나이젤 백부장이라는 인물과 만나기 위함이었으니까.

"네가 나이젤 백부장이라고?"

"그래."

자신을 바라보며 놀라는 용병단원들을 향해 나이젤은 여유로운 미소를 지으며 고개를 끄덕였다.

어찌 되었든 큰 고비는 넘겼다.

차가워 보이는 겉모습이나 성격과 달리 라그나는 타고난 전투광이었다.

그 때문에 나이젤은 사실 그와 한바탕 치고받을 각오를 하고 있었다.

그에게 인정받으려면 어느 정도 힘을 보여 주어야 했기 때문이다.

하지만 다행히 기세 싸움으로 끝났다.

만약 한바탕했으면 애꿎은 영주성이 반파되는 최악의 상황이 생길 수 있었으니까.

나이젤은 라그나의 요약 정보를 확인했다.

[상태창]

이름: 라그나 로드브로크.

종족: 인간 나이: 32세.

타입: 무관.

등급: 명장(S).

직위: 용병 단장.

클래스: 버서커.

고유 능력: 전투광(S). 창술(S). 불굴의 육체(S). 흉폭화(S).

능력치:

무력(98/100), 통솔(85/87).

지력(26/26), 마력(98/100).

정치(13/13), 매력(40/40).

현재 감정: 유쾌함.

호감도: 42.

'진짜 미친 능력이네.'

역시 세계관 최강자.

능력치뿐만이 아니라 고유 능력도 어마어마했다.

비록 지력과 정치는 떨어지는 편이었지만, 무력, 통솔, 매력은 사기적이라고 할 수 있었다.

무력이 98이면 명장(S)급 무장이며, 이는 소드 마스터 상급을 넘어섰다고 보면 된다.

그리고 능력치가 90 이상일 때 1포인트 차는 상당히 나며, 올리기도 힘들었다. 또한 무력 97부터 상급이며 99가 최상급이었다.

즉, 라그나가 무력을 1포인트 더 올리면 최상급의 경지에 들어설 수 있다는 소리다.

거기서 더 1포인트를 올려 무력 100을 찍으면 그랜드 소드 마스터의 경지에 들어서게 된다.

그때 등급은 패왕(SS)이다.

"설마 네가 나이젤 백부장이었을 줄이야."

라그나는 흥미로운 표정으로 나이젤을 바라봤다.

슈테른 제국 동부 변경 지역까지 온 이유는 다름 아닌 나이젤을 만나기 위함이었다.

아니, 정확히는 나이젤이 가지고 있는 오리하르콘 주괴였다.

"당신들이 원하는 건 이거겠지?"

나이젤은 오른 손바닥을 하늘로 향하며 앞으로 내밀었다.

뀨웃!

그러자 그림자 속에서 튀어나온 까망이가 나이젤의 몸을 타고 오른 손바닥 위에서 귀여운 모습을 드러냈다.

파앗!

그와 동시에 찬란한 황금빛 광채가 나이젤의 오른 손바닥 위에서 터져 나왔다.

전설의 금속, 오리하르콘을 까망이의 아공간 보관소에서 꺼낸 것이다.

"진품이군."

오리하르콘 주괴를 확인한 라그나는 미소를 지었다.

역시 의뢰를 빠르게 마무리 짓고 서두른 보람이 있었다.

아세라드가 가지고 온 정보가 헛소문이 아니었고, 단원으로 영입하고 싶은 인물을 만날 수 있었으니까.

그리고 이제 저 오리하르콘 주괴를 손에 넣을 수만 있다면,

'아크할테케를 완성할 수 있다.'

라그나 또한 마도전투장갑복 헤카톤케일을 소유하고 있었다.

그것도 일반 양산품이 아닌 개인전용으로 세팅된 마도갑주를 말이다.

개인 전용 마도갑주는 어마어마한 가치를 가지고 있지만 그만큼 가격도 비쌌다.

일반 양산품과는 비교도 되지 않는 성능과 마나 효율을 지니기 때문이다.

특히 고유 특성까지 가지고 있었다.

그리고 지금까지 라그나는 일반 양산품을 사용하거나 혹은 아직 미완성된 자신의 전용 마도갑주, 아크할테케를 사용해 왔다.

비록 미완성품이라고 해도, 양산품과 비교할 수 없는 방어력과 성능, 출력을 낼 수 있었으니까.

"너와 거래를 하고 싶다."

라그나는 나이젤을 바라봤다.

아크할테케의 성능을 100% 끌어내기 위해서는 재료가 한 가지 필요했다.

바로 나이젤이 가지고 있는 오리하르콘이었다.

"네가 원하는 걸 말해라. 무엇이든 들어주마."

그 말에 나이젤은 눈을 빛냈다.

"무엇이든?"

"물론이지."

"라그나 단장."

자신만만한 얼굴로 고개를 끄덕이는 라그나의 대답에 아세라드가 눈치를 줬다.

본래 이런 거래나 흥정은 용병단을 운영하는 그가 맡는다.

단장인 라그나는 냉정해 보이는 모습과 다르게 분위기에 잘 휩쓸리는 편이었으니까.

"단, 우리 용병단이 할 수 있는 범위 내에서."

아세라드의 눈치에 라그나는 슬그머니 한마디 덧붙였다.

하지만 이미 원하는 걸 손에 얻은 나이젤은 속으로 미소를 지었다.

"내가 원하는 건 두 가지야. 앞으로 세 달간 용병단이 노팅힐 영지를 지켜 줄 것. 그리고 나머지 하나는……."

나이젤은 물끄러미 라그나를 바라봤다.

사실 지금 이 시점에서 그들에게서 원하는 건 하나뿐이었다.

한 달 뒤에 있을 1차 웨이브에서 노팅힐 영지를 지켜 주는 것.

그런데 라그나와 마주하며 대화를 나누면서 나이젤은 불현듯 한 명을 떠올릴 수 있었다.

현재 홀로 수련 중인 '창술'의 천재.

그리고 지금 라그나는 등에 자신의 키만 한 거대한 도끼 창을 메고 있었다.

그뿐만이 아니라 그의 고유 능력 중에는 '창술'(S)가 붙어 있지 않은가?

나이젤은 라그나를 향해 입을 열었다.

"창술 좀 가르쳐 줬으면 하는 사람이 있어."

*　　　　*　　　　*

그날 오후 크림슨 미드나이트 용병단과 나이젤은 보다 구체적인 협상을 가졌다.

용병단 측에는 아세라드가 주로 대응했고, 나이젤 측은 해리와 루크가 협상을 이끌었다.

다행히 협상은 빠르게 끝났다.

나이젤이 내건 상품적 가치는 상당히 높았으니까.

100% 순도를 가진 오리하르콘 주괴.

원석을 가공하려면 비밀 제련법이 필요한 데다가, 제련 과정에서 소량이긴 해도 불순물이 생겨난다.

100% 완벽하게 제련된 주괴를 얻는 건 드워프 명장이 작업을 한다고 해도 어려웠다.

하지만 나이젤이 보상으로 받은 주괴들은 고대 마도시대 때 제련된 특급품이었다.

덕분에 유리하게 협상을 이끌어 갔고, 나이젤이 원하는 조건을 충족시킬 수 있었다.

정작 난항을 겪은 건 창술 쪽이었다.

라그나가 나이젤이 아닌 다른 인물에게 창술을 가르쳐 줄 수 없다고 못 박은 것이다.

그래도 일단 창술을 가르칠 사람을 만나 보고 판단하는 걸로 약속을 받아 냈다.

*　　　　　*　　　　　*

다음 날 아침.

나이젤은 카테리나를 데리고 영주성 뒤편, 평소에 사람이 잘 오지 않는 공터로 가는 중이었다.

"나, 나이젤 님? 지금 어디로 가시는 건가요?"

"가서 말해 줄게. 너한테 중요한 할 말이 있어."

"주, 중요한 할 말요?"

나이젤의 말에 카테리나는 당황한 표정을 지으며 얼굴을 붉

헜다.

그녀는 지금 나이젤과 단둘이서 인적이 드문 장소를 걷고 있었다.

이런 장소에서 중요한 할 말이라는 건 대체 무엇일까?

두근두근!

카테리나는 자기도 모르게 호흡이 가빠지고 심장이 뛰었다.

[카테리나의 호감도가 5 상승합니다!]
[현재 카테리나의 호감도는 98입니다.]

'……?'

카테리나의 손을 잡고 가던 나이젤은 갑작스러운 호감도 메시지에 고개를 갸웃거렸다.

하지만 그것도 잠시.

나이젤과 카테리나는 아무도 없는 공터에 도착했다.

아니, 공터 중앙에 타오를 것 같은 붉은 머리카락을 가진 사내가 서 있었다.

"늦었군."

공터에 있던 사내는 라그나였다.

그는 어제 협상을 하면서 한 번 더 느꼈다.

나이젤은 아직 제련되지 않은 오리하르콘 원석 같은 존재라고.

신체적인 재능뿐만이 아니라, 머리도 좋아 보였으니까.

그렇기에 마치 오리하르콘을 정제할 수 있는 비밀 제련법이 따로 있듯이 용병단이 나이젤을 가르쳐야 된다고 생각했다.

무술은 자신이 가르치고, 다양한 지식을 비롯한 전술과 전략은 아세라드가 가르치면 될 터.

비밀스럽게 말이다.

"내 것이 되어라, 나이젤. 내가 너를 책임져 주마."

라그나는 열정적인 눈빛으로 나이젤을 바라봤다.

이런 변경의 시골 영지에 놔두기에는 아까웠고, 무엇보다 나이젤을 가지고 싶었다.

그런데 생각지도 못한 곳에서 반격이 들어왔다.

"안 돼요! 나이젤 님은 양보할 수 없어요!"

가만히 있던 카테리나가 앞으로 나선 것이다.

라그나의 시선이 카테리나에게로 향했다.

"넌 뭐냐?"

라그나는 관심 없다는 표정으로 카테리나를 바라봤다. 그는 용병답게 격식을 차리는 것보다, 배짱 좋고 당당한 강자를 좋아한다.

강자라면 남자든, 여자든 상관없었다.

하지만 그의 눈앞에 나타난 카테리나는 메이드였다.

메이드가 강하면 얼마나 강하겠는가?

일개 하녀가 자신의 앞을 막아섰다는 사실에 라그나는 눈살을 찌푸리며 레드 피어를 발동했다.

나이젤을 압박했던 레드 피어가 카테리나를 덮쳤다.

"흐윽!"

전신을 압박해 오는 위압감과 강렬한 살기에 카테리나는 세차

게 몸을 떨었다.

하지만 메이드복 옷자락을 꽉 움켜쥐고 이를 악물며 버텼다.

다른 누구도 아닌 나이젤 앞에서 도망치고 싶지 않았으니까.

"레드 피어를 버틴다고?"

고작 메이드가?

라그나의 눈동자가 흔들렸다.

레드 피어는 상대에게 공포와 두려움을 줘서 전의를 상실시킨다.

어지간한 성인 남성이라고 해도 오금이 저려 주저앉을 정도였다.

그런데 이제 막 갓 소녀티를 벗은 여자가 레드 피어를 버티다니?

그뿐만이 아니다.

'눈에 독기가 있군.'

카테리나는 레드 피어 속에서 라그나를 죽일 듯이 노려보고 있었다.

설마 이런 별 볼 일 없는 변경 영지에서 레드 피어를 버티는 인물을 두 명이나 만나게 될 줄이야.

"정말 재미있는 영지란 말이야."

레드 피어를 거두며 라그나는 즐거운 미소를 지었다.

"어때? 우리 메이드는?"

"적어도 근성은 있어 보이는군."

"그뿐만이 아닐 텐데?"

나이젤은 라그나를 바라보며 마주 웃어 보였다.

라그나 정도 되는 인물이라면 알 수 있을 것이다, 카테리나의 재능을.

"흠."

나이젤의 말에 라그나는 물끄러미 카테리나를 바라봤다.

얼굴을 절반이나 가리고 있는 아름답게 빛나는 은색 머리카락과 독기를 품고 있는 얼음 같이 차가운 붉은 눈이 인상적인 미녀.

그리고 그녀의 전신에서 알 수 없는 활력이 느껴졌다.

'혹시.'

라그나의 눈이 빛났다.

라그나는 카테리나의 팔과 어깨를 확인하기 위해 손을 내뻗었다.

그 순간.

"잠깐."

라그나보다 먼저 나이젤은 카테리나를 자기 쪽으로 가볍게 당기며 뒤로 물러났다.

"그녀는 내 사람이라서 말이야. 손은 대지 말았으면 좋겠군."

"그럴 생각은 아니었는데."

라그나는 어깨를 으쓱거렸다.

단지 카테리나의 몸 상태를 확인하려고 했을 뿐이었다.

메이드복 위로 드러난 그녀의 몸 여기저기에 단련한 흔적들이 보였으니까.

그때 나이젤의 시야에 시스템 메시지가 떠올랐다.

[카테리나의 호감도가 20 상승합니다.]

[카테리나의 호감도가 100을 돌파했습니다! 현재 그녀의 호감도는 118입니다. 그녀는 당신을 소중한 존재라고 생각합니다.]

'음?'

시스템 메시지를 확인한 나이젤은 속으로 놀랐다.

호감도가 100을 돌파하다니.

지금까지 호감도가 100이 되면 충성도나 숭배심, 모성애 등등으로 변화했다. 그런데 호감도가 변하지 않고 그대로 100을 돌파할 줄이야.

'호감도가 100이 넘으면 어떻게 되는 거지?'

"리나?"

나이젤은 카테리나의 애칭을 불렀다.

움찔!

그러자 나이젤에게 등을 보이고 있는 카테리나가 몸을 떨었다.

[카테리나의 호감도가 1올랐습니다.]

단지 그녀를 불렀을 뿐인데 호감도가 올랐다.

나이젤은 걱정스러운 표정으로 부들부들 떨고 있는 그녀의 얼굴을 확인하기 위해 앞으로 돌아갔다.

"뭐야? 왜 그래? 괜찮아?"

"괘, 괜찮아요."

카테리나는 모기만 한 목소리로 겨우 한마디 내뱉었다.

그리고 이어서 호감도가 상승했다는 메시지가 떠올랐다.

"얼굴이 붉은데? 정말 괜찮은 거 맞아?"

"몸 상태가 좋지 않은 건가? 아까 전까지만 해도 문제가 없어 보였는데."

나이젤에 이어 라그나도 고개를 갸웃거리며 카테리나를 바라 봤다.

조금 전만 해도 그녀는 라그나에게 맞설 정도로 기세가 넘쳤 다.

하지만 지금은 얼굴이 살짝 붉어져 있어 상태가 좋아 보이지 않았다.

나이젤은 그녀의 이마에 손을 가져다댔다.

"뭐야? 역시 열이 있잖아?"

나이젤은 걱정스러운 표정으로 카테리나를 바라보며 이마와 머리를 쓰다듬어 주었다.

평소 까망이의 머리를 쓰다듬어 주었기에 나이젤의 행동은 자연스러웠다.

슥슥슥.

[카테리나의 호감도가 3올랐습니다.]
[카테리나의 호감도가 1올랐습니다.]
[카테리나의 호감도가…….]

그러자 나이젤의 손놀림에 따라 카테리나의 호감도가 리드미

컬하게 상승하기 시작했다.

"이, 이제 괜찮아요!"

머리를 부드럽게 쓰다듬는 손길과 얼굴에서 느껴지는 열기 때문에 잠시 멍하게 있던 카테리나는 화들짝 정신을 차리고 뒤로 물러났다.

그대로 계속 있다간 심장이 터질 것만 같았으니까.

"이제 괜찮아?"

"네."

나이젤에게서 떨어진 카테리나는 마음을 추슬렀다.

거기다 때마침 불어온 시원한 바람이 그녀의 열기를 조금 식혀 주었다.

그렇게 잠시 해프닝이 있었지만 카테리나의 상태가 괜찮아진 듯 보였기에 나이젤은 다행스러운 표정을 지었다.

"요즘 너무 무리하고 있는 거 아니야? 단련도 좋지만 적당히 해라. 그렇지 않아도……"

나이젤은 잠시 말을 끊으며 라그나를 바라봤다.

"창술 스승을 구해 왔으니까."

"창술 스승요?"

나이젤의 말에 카테리나는 놀란 표정으로 라그나를 바라봤다.

"아직 창술을 가르쳐 주겠다고 하지 않았다만? 뭐, 네가 내 용병단에 들어와서 제자가 된다면 못 가르쳐 줄 것도 없지."

그들의 시선에 라그나는 피식 웃으며 말했다.

여전히 그는 나이젤을 포기하지 않았다.

어떻게든 손에 넣고 싶었다.

그럴 만한 가치를 가지고 있었으니까.

"그녀에게는 창술의 재능이 있어. 당신만큼이나."

"흥. 무슨 소리를 하나 했더니. 저 여자가 나만큼 재능이 있다고?"

라그나는 코웃음을 쳤다.

확실히 카테리나는 레드 피어를 버텨 냈다. 거기다 메이드복 위로 드러난 몸에서 단련한 흔적도 보았다.

하지만 자신만큼의 재능이라니?

"적어도 나는 그렇게 믿고 있지."

나이젤은 카테리나를 바라봤다.

어리석고 멍청한 저스틴 윌버는 그녀에게 청소와 빨래, 홀 서빙 같은 잡일을 시켰다.

그뿐만이 아니라 그녀가 하는 일을 고의적으로 방해해 놓고는 이런 간단한 일도 제대로 하지 못하냐며 욕하고 구박했다.

자신이 아니면 너 같은 쓰레기를 누가 데리고 있겠느냐면서.

하지만 그렇게 저스틴이 무시하던 카테리나에게는 재능이 있었다.

마스터 랜서가 될 수 있는 S급 창술 재능이.

"흠."

라그나는 생각에 잠긴 표정으로 카테리나를 바라봤다.

자신만큼의 재능을 가진 여자라.

흥미로웠다.

정말 눈앞에 있는 메이드가 그만한 자질을 가지고 있을지.

"정말 재능이 있는지 없는지 확인하는 건 간단하지."

라그나는 입꼬리를 치켜올렸다.

정말 자신만큼의 재능이 있다면 확인하는 건 매우 손쉬운 일이었다.

"미스틸테인."

스륵! 쿵!

나직한 라그나의 부름에 아무것도 없는 허공에서 거대한 도끼 창이 모습을 드러냈다.

미스틸테인은 전설급 무기로 평소에는 아공간에서 대기하다가 주인의 부름에 나타난다.

눈앞에 나타난 미스틸테인의 자루를 쥔 라그나는 카테리나를 바라봤다.

"이걸 휘둘러 봐라."

붕!

라그나는 그녀에게 미스틸테인을 가볍게 던졌다.

"……!"

순간 카테리나는 눈을 부릅떴다.

미스틸테인은 그녀의 키보다 더 컸다.

무게 또한 상당히 나가기 때문에 사실 들 수나 있을까 싶을 정도였다.

그런데 그걸 그냥 던져 버릴 줄이야.

'도망치고 싶지 않아.'

세로로 세워진 채, 자신을 향해 빠르게 날아드는 미스틸테인을 바라보며 카테리나는 피하지 않았다.

그녀의 곁에는 자신에게 재능이 있다고 믿어 주는 나이젤이 있었으니까.

그에게 실망감을 안겨주기 싫었다.

빠르게 결단을 내린 카테리나는 두 손을 뻗으며 전신을 내던졌다.

온몸으로 미스틸테인을 받아 낼 생각이었던 것이다.

우웅.

"…어?"

순간 카테리나는 어리둥절한 표정을 지었다.

미스틸테인의 무게를 이기지 못하고 튕겨 나가거나 깔릴 거라 생각했다.

그런데 카테리나의 근처까지 온 미스틸테인이 부드럽게 움직이며 그녀의 손 안에 착 감겨들어 가는 게 아닌가?

'무겁지 않아?'

그뿐만이 아니라 크기에 비해 상당히 가볍게 느껴졌다.

카테리나는 미스틸테인의 자루를 잡고 빙글빙글 돌렸다.

후우우우웅!

"허. 그걸 진짜 휘두른다고?"

라그나는 탄성을 질렀다.

미스틸테인을 받아 들었을 뿐만이 아니라, 휘두르기까지 할 줄이야.

본래 미스틸테인은 어지간히 힘이 센 성인 남성도 들지 못할 정도로 무겁다.

미스틸테인을 들려면 압도적으로 근력이 높든가, 아니면 미스틸테인에게 인정받을 만한 재능이 있어야 했다.

카테리나의 경우는 후자였다.

힘이 든다는 표정 하나 없이 가볍게 미스틸테인을 빙글빙글 돌리고 있었으니까.

"그래서 내가 말했잖아. 그녀에게는 재능이 있다고."

나이젤은 카테리나를 바라보며 만족스러운 미소를 지었다.

그리고 라그나는 놀라다 못해 기가 막힌 표정을 짓고 있었다.

확실히 나이젤의 말대로 그녀에게는 재능이 있어 보였다.

그렇지 않고서야 자신의 무기인 미스틸테인을 저렇게 자유자재로 다룰 수 없을 테니까.

"대체 뭐 이런 영지가 있는 건지."

라그나는 고개를 절레절레 흔들었다.

심약해 보이는 다리안 영주와 눈치만 보던 가리안 백부장의 모습에 실망했었다.

그런데 설마 나이젤과 카테리나 같은 숨겨진 재능을 가진 인물들이 있었을 줄이야.

"많은 걸 바라진 않아. 그냥 기본만이라도 가르쳐 줬으면 좋겠어."

용병왕, 라그나 로드브로크.

그를 최강자 반열에 올려 준 요소 중 하나가 바로 창술이었다.

그러니 비록 기본이라고 해도 라그나의 창술을 배운다면 카테리나에게 큰 도움이 될 것이다.

"흠."

나이젤의 말에 라그나는 생각에 잠겼다. 확실히 카테리나에게는 재능이 있었다.

그래서일까?

그녀에게 관심이 생겼다.

"많은 건 기대하지 마라."

결국 라그나는 나이젤과 카테리나를 향해 씩 미소를 지으며
말했다.

조금 어울려 주기로 한 것이다.

그리고 나이젤 또한 라그나를 바라보며 마주 웃어 주었다.

*   *   *

'일단 급한 준비는 다 끝났군.'

첫 번째 에피소드 몬스터 플러드의 1차 웨이브가 시작하기까
지 한 달이 채 남지 않은 상황.

지금까지 1차 웨이브를 막기 위해 준비한 성과는 만족스러웠
다.

노팅힐 영지에서 발생할 예정이었던 엔젤 더스트 사건을 무사
히 넘기고 아리아와 루크를 영입했으며, 성벽 보수를 위해 드워
프들을 고용할 수 있었고, 대륙 최강 용병단과 계약을 맺을 수
있었으니까.

뀨?

거기다 귀여운 까망이까지.

자신의 집무실 책상 위에서 뒹굴거리며 애교를 부리고 있는
까망이의 배를 쓰다듬어 주며 나이젤은 앞으로 계획을 세웠다.

'이제 남은 건 기다리는 것뿐이야.'

중요 사건과 이벤트들은 거의 다 끝냈다.

남은 건, 웨이브가 시작하기 전까지 병사들을 계속 모집하고 훈련시켜야 했다.

'무장들도 계속 모집해야 하지만 크림슨 용병단이 있으니 급하진 않지.'

무장 영입은 쉬운 일이 아니다.

경우에 따라선 며칠간 공을 들여야 할 수도 있었다.

하지만 용병단을 고용하게 되면서 그 부분은 당장의 급한 문제는 해소가 되었다.

세계관 최강자들 중 한 명인 라그나부터 시작해서 단원들 각각은 최소 무력 80 이상 실력자들이었으니까.

이제 중요한 건 병사들을 계속 모집하고 훈련시키는 것과 영지를 요새화시키는 일이었다.

그리고……

'내가 강해져야지.'

용마지체가 되면서 나이젤의 잠재 능력은 대폭 상승했다.

강해질 여지가 생긴 것이다.

그리고 트리플 킹덤은 약육강식의 세상이었다.

약하다고 인식당하면 물어뜯긴다.

당장 다리안 영주만 봐도 알 수 있지 않은가.

그렇기에 나이젤은 자신만의 시간을 가질 생각이었다.

특히 현재 영지에는 세계 최강의 용병단 크림슨 미드나이트가 있었으니까.

강자들과의 전투는 값진 경험이 될 것이다.

'나중을 위해서 지금만 고생만 하자, 지금만.'

그렇게 마음을 다독인 나이젤은 자리에서 일어났다. 영지군을 훈련시킬 시간이 되었기 때문이다.

＊　　　＊　　　＊

시간은 유수와 같이 흘러 1차 웨이브가 시작되기 3일 전.

지지직!

노팅힐 영지 성채 도시의 동쪽 기간테스 산맥 상공에서 공간이 갈라지기 시작했다.

Chapter

3

노팅힐 영주 집무실.

호로록.

그곳에서 다리안 영주는 따뜻한 차를 한잔 마시며 창문 밖을 바라봤다.

집무실이 4층에 있어서 한눈에 성채 도시 전경이 내려다보였다.

'많은 게 변했구나.'

최근 노팅힐 영지는 크게 발전했다.

전부 나이젤 백부장 덕분이었다.

예전에는 술만 마시면 진상을 부린다고 소문이 나서 알게 모르게 망나니 십부장이라고 불리던 어린 청년.

그렇지만 다리안 영주는 사실 나이젤이나 동생인 가리안 같은 사람들이 부러웠다.

자신에게 없는 자신감과 대범함, 그리고 결단력을 가지고 있었으니까.

그에 반해 자신은 어떤가?

남작 지위를 가진 영주였지만 소심한 성격 탓에 다른 귀족들에게 휘둘리고 무시당할 뿐이었다.

그게 싫어서 저항이라도 해 볼라치면 무력으로 압력을 가해 왔다.

애초에 싸우기 싫어하는 성격이었고, 그저 자신이 다스리는 영지민들을 보살피면서 알콩달콩 살 수 있으면 되었기에 싸움을 피해 왔다.

그로 인해 물자를 일부 뜯기긴 했지만, 무력 충돌로 영지민들이 죽는 것보다 낫다고 생각하면서.

그렇게 노팅힐 영지는 야금야금 피폐해져 갔다.

그러던 중 해리의 집무실에서 나이젤 십부장이 군을 나가고 싶다는 이야기를 들었다.

다리안 영주는 가슴이 철렁했다.

그 당시 자신에게 없는 패기 넘치는 모습과 영지군 내에서 손가락 안에 드는 검술 실력을 가진 나이젤을 마음에 들어 하고 있었으니까.

그래서 그가 왜 군을 나가고 싶어 하는지 이야기를 나누었다.

그리고 알게 되었다.

'역시 소문은 믿을 게 못 돼.'

나이젤에 관한 소문이 잘못되었음을.

놀랍게도 나이젤이 군을 나가는 이유가 민폐를 끼치고 싶지 않아서라고 하는 게 아닌가?

그 말을 듣고 더더욱 나이젤을 보내고 싶지 않아졌다.

그래서 계속 말꼬리를 물며 붙잡았다.

소심한 성격의 다리안 영주로서는 일생일대의 도박이나 다름없었다.

그리고 그 일은 다리안 영주 인생 최고의 업적이 되었다.

그날 이후, 나이젤 십부장이 영지를 위해 어마어마한 헌신과 업적을 세웠기 때문이다.

나이젤이 없었다면 노팅힐 영지가 어떻게 되었을지.

지금도 다리안 영주는 가슴을 쓸어내릴 정도였다.

그 때문에 걱정이 생겼다.

크림슨 미드 나이트 용병단.

그들과 협정을 맺는다는 소리에 기절하는 줄 알았다.

아니, 실제로 용병왕 라그나를 처음 만났을 때 선 채로 기절했었다.

그에 반해 나이젤은 어떤가?

라그나에게 인정받았을 뿐만이 아니라, 제자로 받아들여서 용병단에 넣으려고 했다.

'하지만 우리 나이젤 백부장을 쉽게 내줄 순 없지, 암!'

나이젤은 이제 노팅힐 영지에서 없어서는 안 될 중요한 인물이었다.

거기다 아직 다리안 영주는 나이젤과 헤어지고 싶지 않았다.

'나도 무언가 해 주고 싶은데……'

지금까지 다리안 영주는 나이젤의 행보를 지켜봐 왔다.

다리안 영주가 본 나이젤은 다른 사람을 구하기 위해 목숨을 걸고 몸을 내던지는 인물이었다.

그 탓에 중상을 입고 정신을 잃는 일이 많았다.

자신을 희생하며 노팅힐 영지와 주변 사람들을 도와주는 나이젤을 위해 무언가 해 주고 싶었다.

'그건 그렇고……'

문득 다리안 영주는 쓴웃음을 지었다.

약 한 달 전쯤, 우드빌 남작가의 사절단이 왔을 때가 떠올랐기 때문이다.

'그땐 왜 그랬을까?'

그때 다리안 영주는 사절단 대표인 로건에게 마음속에 품고 있던 말들을 속 시원하게 쏟아냈다.

이상하게 자신감이 차올랐으니까.

하지만 하루가 지나기도 전에 왜 그랬는지 후회했다.

그 후로 자신감이 생기는 일은 생기지 않았다.

그래서 지금도 종종 생각했다.

용병왕 라그나 로드브로크와 처음 만났을 때 자신감이 있었다면 어땠을까 하고.

'뭐, 이미 지나간 일을 생각해 봤자 의미는 없겠지만.'

호록.

다리안 영주는 차를 한 모금 마시며 부정적인 생각들을 털어냈다.

'그보다 이제 나도 강해져야겠지.'

정신적으로.

자신과 영지를 위해 헌신하는 나이젤 백부장을 위해서라도 이제 정신을 바짝 차려야 했다.

그리고 한편으로 나이젤을 위해 무엇을 해 줄 수 있을지 생각에 잠겼다.

가정이 없는 40대 중반인 다리안 영주에게 나이젤은 아들이나 다름없었으니까.

*　　　　　*　　　　　*

영주성 뒤편 연병장.

그곳에서 각 병과별 병사들이 훈련을 하고 있었다.

"찔러!"

하!

연병장 한쪽에서 창병들은 창병대 대장의 구령에 맞춰 창을 일사불란하게 내지르고 있었고……

"내려 베기 100회 실시! 몇 회?"

"100회!"

"목소리가 작다! 200회! 몇 회?"

"200회!!!"

"좋아! 220회 실시!"

"실시!"

검병들은 검병대 대장의 명령에 따라 검을 휘두르고 있었다.

특히 검병들은 대장이 횟수를 10% 더 올려 불렀음에도 군말

없이 따랐다. 반박 시에 10%가 100%로 되는 마법을 경험하게 될 테니까.

그 외에도 영주성의 모든 연병장에는 궁병들과 기마병들이 각각 훈련 중이었다.

그리고 그들 중에서 가장 빡세게 훈련 중인 열 명이 있었다.

다름 아닌 딜런 십인대였다.

"빨리 빨리 안 뛰어?"

딜런은 십인대를 갈구며 영주성 주위를 구보 중이었다.

'강해지고 싶다.'

이미 오래전부터 하기 시작한 생각.

그래서 죽어라 훈련했다.

그 결과 약 한 달 전에 중급 검병이 되었다.

딜런 자신도 강해졌다고 생각했다.

하지만 착각이었다.

노팅힐 영지를 찾아온 크림슨 미드나이트 용병단원들을 본 딜런은 자신의 한계를 뼈저리게 느꼈다.

그들이야말로 진짜 괴물들이라고.

응접실에서 그들과 마주했을 때, 딜런은 숨 막힐 것 같은 위압감을 느꼈다. 그리고 그들 중 단장인 용병왕 라그나가 정점을 찍었다.

그의 압도적인 존재감 앞에 딜런은 아무것도 할 수 없었다.

저돌적인 가리안 백부장조차 굳어 있을 정도였다.

대체 누가 용병왕 앞에서 떨지 않고 있을 수 있을까?

하지만.

'나이젤 백부장님은 달랐지.'

딜런은 주먹을 꽉 움켜쥐었다.

그는 영주성 정문 로비에서 지켜보고 있었다.

존재감을 과시하는 라그나 앞에서 자신이 따르기로 한 나이젤이 당당하게 서 있는 모습을.

그뿐인가?

그들과 떨어져 있던 딜런은 라그나의 레드 피어 앞에 오금이 풀려 주저앉고 말았다.

그런데 나이젤은 레드 피어뿐만이 아니라 블랙 피어까지 버텨냈다.

그 모습을 딜런은 처음부터 끝까지 지켜봤다.

"허억허억."

딜런은 숨을 가쁘게 몰아쉬었다.

영주성을 5바퀴 이상 돌자 팔다리가 천근만근처럼 느껴졌고, 목이 탈 것 같은 갈증이 느껴졌다.

다른 십인대원들도 마찬가지로 힘들어하는 기색이 역력했다.

하지만 딜런은 이를 악물었다.

이 정도쯤은 라그나가 발했던 레드 피어에 비하면 아무것도 아니었다.

그때 상황을 떠올린 딜런은 악을 쓰며 소리쳤다.

"버텨, 이 자식들아! 앞으로 3바퀴 남았다!"

"후아!"

십인대는 기합 소리를 내며 다시 이를 악물고 달렸다.

그리고 구보를 하면서 도움이 되는 훈련법이 하나 있었다.

바로 군가였다.

달리면서 노래를 불러야 하니 폐활량 향상과 전의 상승에도 도움이 된다.

거기다 나이젤은 새로운 군가를 추가해서 전파시켰다.

그 후로 노팅힐 영지군은 구보를 할 때 새로운 군가를 부르기 시작했다.

"구보 중에 군가 한다. 군가는 노팅힐의 횃불. 군가 시작!"

잠시 후 영주성 주변에서 우렁찬 군가 소리가 울려 퍼지기 시작했다.

*   *   *

지난 한 달간 노팅힐 영지에는 많은 일들이 있었다.

노팅힐 영지군 소속인 가리안 백부장이나 딜런과 트론은 훈련에 힘썼다.

크림슨 미드나이트 용병단원들을 보고 자극을 받았으니까.

특히 처음에 단원들을 상대로 전투훈련을 했었다.

단원 한 명과 십인대가 맞붙었는데 처참하게 깨지고 말았다.

열 명이서 한 명조차 제압하지 못하고 농락당한 것.

그 후로 영지군은 빡세게 훈련을 시작했다.

그리고 영지군 병사들 숫자 또한 한 달 전에 비해 상당수 늘어났다.

"해리 오십부장, 살려 주세요."

"살려는 드리고 싶은데 오늘 중으로 이거 다 끝내야 합니다."

노팅힐 영지의 재정과 인재를 담당하고 있는 해리와 루크가 다크서클이 긴 퀭한 얼굴로 책상 앞에 앉아 있었다.

그들은 한 사무실에서 함께 일하는 중이었다.

아직 인재가 부족한 상황이었기에 서로 의논하면서 영지를 운영하고 있었던 것이다.

"아니, 이걸 어떻게 오늘 중으로 끝내요?"

"그럼 나가서 인재 좀 잡아 오든가."

"아무나 막 잡아 와도 됩니까?"

"나중에 나이젤 백부장과 1:1로 산책 가고 싶으면 안 말립니다."

"와, 씨……."

인사부장 루크는 눈앞에 쌓여 있는 서류 뭉치들을 바라보며 인상을 찌푸렸다.

어떻게 된 게 일을 해도 끝이 없었다.

지난 한 달 동안 서류나 행정 업무를 보기 위한 관리직 인재들을 등용했는데도 말이다.

'망할 나이젤…….'

우리 나이젤이 일거리를 끊임없이 만들어 내고 있었으니까.

거기다 말이 인사부장이지, 아직 행정 업무가 체계화되지 않았기 때문에 사실상 여전히 해리와 루크 둘이서 모든 행정 업무를 보는 중이었다.

"아, 참. 빈민가 개발 자금 지원은 어떻게 됐습니까? 그건 그쪽이 담당하기로 했잖아요."

"아……."

해리의 말에 루크는 아차 싶었다.

빈민가에 살고 있는 아이들의 생활을 개선시키기 위해 자금 지원을 하기로 결정했다. 그런데 바빠서 미처 처리하지 못한 것이다.

늦어도 오늘 안에 처리해야 될 사안이라 루크는 골치가 아팠다.

"그냥 빈민가에 사는 사람들을 다 내보냈으면 좋겠네요. 빈민가가 사라지면 자금 지원을 할 필요도 없어질 테니."

루크는 농담조로 말하며 고개를 절레절레 흔들었다.

그 말에 해리는 피식 웃으며 답했다.

"그랬다간 아리아 님 화살에 바람 구멍이 나지 않을까요?"

"하하. 역시 그렇겠죠? 농담입니다, 농담."

루크는 어색한 미소로 농담이라고 말하며 손사래를 쳤다.

하지만 역시 어둠의 행정가다운 농담이 아닐 수 없었다.

빈민가에 자금을 지원하는 이유는 무엇인가?

성채 도시에 자금을 지원해야 할 빈민가가 존재하기 때문이다.

그럼 어떻게 해야 하는가?

문제가 되는 빈민가를 없애면 된다.

물론 그렇다고 정말 그럴 수는 없었다.

그랬다간 빈민가의 아이들을 아끼고 있는 아리아의 화살에 벌집이 될 테니까.

다만 빈민가를 없애는 일은 굉장히 효율적이긴 했다.

골치 아픈 일거리를 줄일 수 있고, 성채 도시의 문젯거리 중 하나를 없앨 수 있기 때문이다.

실제로 트리플 킹덤 게임에서 루크는 효율적으로 일 처리를 하는 탓에 냉혹하며 무자비하다고 악명이 높았다.

그래서 나이젤이 해리를 붙여 준 것이다.

고유 능력 행정(B)를 가진 해리라면 루크를 컨트롤할 수 있을 테니까.

그리고 나이젤은 해리에게 루크를 맡으라고 하면서 한마디 덧붙였다.

[그냥 막 굴리세요.]

그래서 해리는 루크에게 일거리를 꽉꽉 넘겨주었다.

최근 일거리가 많이 늘어난 이유도 있고, 애초에 그러기 위해 뒷세계 조직을 이끌던 루크를 나이젤이 영입한 것이기도 했다.

쓸 만한 내정 능력을 가지고 있는 데다가 막 굴려도 좋을 인물로.

"나이젤 백부장이 오기 전에 다 끝내 놓읍시다."

현재 나이젤은 노팅힐 영지에 없었다. 카테리나와 함께 크림슨 미드나이트 용병단을 데리고 영지 주변 몬스터들을 토벌 중이었다.

그러면서 그들에게 전투 기술을 배우고 있을 것이다.

'이번에 돌아오면 얼마나 강해져 있을까?'

매번 성채 도시를 나갔다가 온 나이젤은 강해져서 돌아왔다.

거기다 이번에는 카테리나까지.

그 둘이 얼마나 강해져서 돌아올지 기대가 되지 않을 수 없
었다.

"까짓것 오늘 중으로 끝내 봅시다."

"그래야 루크 님이죠."

찬물을 마시고 정신을 좀 차렸는지, 한결 밝아진 표정을 짓고
있는 루크를 바라보며 해리는 피식 미소를 지었다.

그 순간.

뎅뎅뎅뎅뎅!

동쪽 성채 도시의 외벽에서 커다란 종소리가 울려 퍼졌다.

그 소리에 해리와 루크는 화들짝 놀란 표정으로 서로를 바라
봤다.

왜냐하면 지금 울려 퍼지고 있는 종소리는 성채 도시가 위험
에 빠졌다는 신호였으니까.

*　　　　　*　　　　　*

종소리가 울리기 약 10분 전.

평소와 다름없이 울라프는 성채 도시의 동쪽 외벽에서 일꾼
들과 함께 보수 공사 중이었다.

'동쪽 외벽은 거의 완공이 다 되어 가는군.'

나이젤로부터 동쪽 외벽을 더 신경 써 달라는 이야기를 들었
다.

성채 도시 동쪽에 있는 기간테스 산맥에서 가끔 몬스터들이
내려오니까.

그래서 올라프는 나이젤의 요구대로 동쪽 성벽을 중점적으로 보수했다.

그뿐만이 아니라 외벽을 올라오지 못하게 함정 장치를 설치하고, 외벽 외에는 자동 석궁 발사기들도 배치했다.

'좀 과할 정도긴 하지만.'

보수공사 전에 비하면 동쪽 외벽은 비교도 안 되게 강해져 있었다.

드워프의 기술력을 총집중한 덕분이었다.

이 정도면 어지간한 몬스터들은 성벽 근처에 다가오지도 못할 터.

작업 진척도 또한 나쁘지 않았다.

동쪽 외벽만 놓고 보면 80% 이상 완공되었으니까.

'북쪽은 산이 붙어 있고, 남쪽은 해자를 팠으니 쉽게 넘어올 수 없지.'

성채 도시의 뒤편인 북쪽은 청정한 산이 붙어 있었고, 앞인 남쪽은 작은 강이 흐르고 있어서 벽 앞에 해자를 팠다.

기존에 이미 해자가 있었기 때문에 작업은 어렵지 않았다.

그렇다곤 해도 규모가 컸기 때문에 완성하는 데 시간이 꽤 걸릴 수밖에 없었지만.

현재 약 70% 정도 완공되었지만 충분히 해자로서 기능할 수 있으며, 지금도 조금씩 작업 중이었다.

내륙과 이어져 있는 서쪽은 넓은 평원과 초원이었기에 대부분 논과 밭, 농장으로 이루어져 있었다.

그리고 성채 도시 북쪽에 있는 산을 넘어 한참 가면 거대한 강이 나온다.

삼국지로 치면 장강으로, 그 강 너머에 손견 세력인 팬드래건 공작 영지가 존재했다.

'앞으로 얼마 남지 않았다고 했던가?'

울라프는 기간테스 산맥이 있는 동쪽 너머를 바라봤다.

머지않아 나이젤은 몬스터들이 쳐들어올 수 있다고 이야기 했다.

그것도 노팅힐 영지의 성채 도시가 위험할지도 모를 만큼 대 규모로.

당연히 아무도 믿지 않았다.

아니, 믿고 싶지 않아 했다.

변이 고블린만큼 강하고 더 많은 몬스터들이 성채 도시를 습 격을 해 온다는 소리였으니까.

하지만 그 말을 한 사람은 다름 아닌 나이젤이었다.

다리안 영주를 비롯한 가리안 백부장과 해리, 딜러 등등 영지 의 중요 인사들은 흘려들을 수 없었다.

바로 대책 회의에 들어갔고 나이젤의 계획에 찬동했다.

그 결과 지금 이렇게 대규모로 외벽 보수 공사를 시작할 수 있었으며, 아크 대륙 최강의 용병단 크림슨 미드나이트와 협정 을 맺게 되었다.

일정 기간 동안 영지를 보호해 주기로.

그 결과 현재 동쪽 외벽은 영지민들의 출입을 통제 중이었다.

또한 외벽에서 보수 공사 작업 중인 일꾼들도 돌발 상황이 발 생할 시에 늦지 않게 피난할 수 있도록 방지 대책도 세웠다.

영지군 병사들이 동쪽 외벽 너머로 정찰을 나가기로 한 것이다.

'쉽게 뚫을 순 없을 거다.'

울라프는 자신했다.

아직 외벽 공사가 100% 완료된 건 아니지만, 지금 상태라도 충분히 몬스터 무리들을 막을 수 있다고.

"올 테면 와 봐라."

울라프는 자신감과 자부심이 넘치는 표정을 지었다.

*　　　　　*　　　　　*

동쪽 외벽에서 좀 떨어진 외곽.

"정말 몬스터들이 쳐들어올까? 불과 두 달 전쯤에 한 번 쳐들어 왔었잖아."

"그야 나는 모르지. 그런데 나이젤 백부장님이 온다고 하니까 문제인 거 아니냐."

"하긴. 그렇긴 하지."

키 높이만큼 자란 수풀 속에서 노팅힐 영지군 병사 두 명이 두런두런 대화를 나누며 순찰 중이었다.

그들은 노팅힐 영지군 6번 십인대에 속한 병사들로 장과 헨리였다.

"그런데 설마 술만 마시면 깽판 치던 양반이 백부장이 될 줄이야."

"뒤늦게 정신 차려서 다행이지. 역시 술이 문제라니까. 술만 마시지 않았으면 예전에 성공했을 텐데."

"그러게. 능력이 없던 것도 아닌데 왜 그러고 있었던 걸까?"

"우리가 모르는 이유가 있었겠지."

헨리의 말에 장은 고개를 끄덕였다.

그들은 나이젤이 허구한 날 왜 술을 마시고 깽판을 부리며 망나니짓을 했는지 이해할 수 없었다.

그것도 능력을 숨기면서까지 말이다.

"야, 기억 나냐? 그때 나이젤 백부장님 말이야."

"그때라니? 아."

헨리는 감탄사를 내뱉었다.

장이 말한 그때를 떠올린 것이다.

약 두 달 전 기간테스 산맥 앞 숲에서 고블린들과 교전을 벌였을 때를.

"진짜 그때 대단했지. 나이젤 백부장님 아니었으면 너나 나나 아마 죽었을걸."

"그걸 말이라고 하냐. 우리뿐만이 아니라 영지군이 전멸했을지도 모르는데. 그 뭐냐, 카오스 챔피언?"

"어. 그놈만 생각 하면 지금도 떨려."

장은 살짝 몸을 떨었다.

카오스 고블린 챔피언의 손에 죽어간 영지군 병사들 중에 동기들이 제법 있었으니까.

나중에 그들을 비롯한 영지군 병사들은 변이 고블린들이 카오스 몬스터라는 이야기를 나이젤에게 들었다.

그리고 이번에 쳐들어올 몬스터들도 변이 고블린 같은 종류라고 하는 게 아닌가?

최악의 경우 나이젤은 카오스 고블린 챔피언 같은 괴물들이 나타날지도 모른다고 했었다.

"그런 괴물 놈들이 또 쳐들어온다니."

생각만 해도 등골이 오싹했다.

"그래도 이번에는 대비를 하고 있으니 괜찮겠지. 성벽 보수도 하는 중이고, 고블린놈들과 싸웠을 때보다 후임들도 더 늘어났고."

"세계 최강 용병단도 있지."

그들은 카오스 몬스터들이 쳐들어올지도 모르는 상황이었지만, 이미 대비를 하고 있다는 사실에 안도했다.

"이번에는 정말 괜찮을까?"

"그럼 인마. 당연히 그래야지. 난 오늘 임무 끝나면 저녁에 제시카랑 데이트하기로 약속까지 잡아놨다."

"오, 진짜? 나는 내일 안나랑 보기로 했는데."

장과 헨리는 각자 연인들을 생각하며 애써 안 좋은 생각들을 털어냈다.

아직 그들은 20대 청춘이었으니까.

죽고 싶지 않았다.

"야, 그럼 순찰이나 후딱 돌고 부대로 돌아가자."

그렇게 말한 헨리는 피식 웃으며 앞을 가로막고 있는 수풀을 좌우로 헤쳤다.

흠칫.

순간 헨리의 몸이 굳었다.

"뭐야? 왜 그래?"

뒤따라오던 장은 헨리가 멈추자 의아한 표정으로 바라봤다.

하지만 헨리는 고개를 돌리기는커녕 움직일 수도 없었다.

크르르.

바로 눈앞에 늑대처럼 생긴 기괴한 몬스터가 붉은 눈을 번득이며 웅크리고 있었으니까.

그뿐만이 아니라 등에서 촉수가 스멀스멀 뻗어 나오고 있었다.

스스슥.

헨리는 좌우로 헤친 수풀을 다시 한 곳으로 모았다.

'내가 잘못 봤나?'

이런 수풀이 가득한 곳에 몬스터라니!

스스슥.

그때 헨리가 조심스럽게 가지런히 모아 놓은 수풀이 좌우로 갈라졌다.

그리고 그 너머로 등에서 촉수를 내뻗고 있는 정체를 알 수 없는 몬스터가 다시 모습을 드러냈다.

"아 이런, 쌍!"

크아아아앙!

이윽고 정체불명의 몬스터가 헨리와 장을 향해 달려들었다.

잠시 후 그들의 비명 소리가 울려 퍼졌다.

그뿐만이 아니다.

장과 헨리 외에도 동쪽 초원과 평원을 순찰 중인 영지군 병사들이 있었다. 그들 또한 은밀하게 움직이는 몬스터들에게 순차적으로 괴멸되고 있었다.

침략은 이미 시작되었던 것이다.

*   *   *

두두두두두!

'뭐지?'

동쪽 외벽 밖에서 공사 현장을 지휘하던 울라프는 갑자기 지면을 뒤흔드는 울림에 의아한 표정을 지었다.

그리고 동쪽 평원 저 너머에서 흙먼지가 치솟아 오르는 모습을 볼 수 있었다.

외벽에서 작업 중이던 인부들과, 외벽 위에서 경계 중이던 영지군 병사들까지도.

그들은 의아한 표정으로 동쪽 너머에서 치솟아 오르고 있는 흙먼지를 바라봤다.

하지만 그것도 잠시.

동쪽 외벽 위에서 망을 보고 있던 6번 십인대의 십부장 가드너는 다급한 표정으로 소리쳤다.

"너! 너! 성채 도시가 공격 받고 있다고 종을 울려라. 그리고 나머진 동쪽 외벽 밖에서 작업 중인 인부들을 안으로 들이고!"

"네!"

가드너의 명령에 부하 병사들은 분주하게 움직이기 시작했다.

병사들 또한 상황의 심각성을 인식하고 있었다.

그래서 가드너 명령에 군말 없이 따랐다.

'어쩐지 연락이 없더라니.'

가드너는 불안한 표정으로 동쪽을 바라봤다. 동쪽 외벽 밖으로 순찰을 나간 병사들이 돌아올 시간이 되었는데도 돌아오지 않았다.

그래서 이상함을 느끼고 조사 부대를 보내려고 준비 중이었다.

그런데 동쪽 평원 저 멀리서 흙먼지가 피어오르고 있는 게 아닌가.

'놈들이다. 틀림없어!'

이미 나이젤로부터 몬스터들이 쳐들어올 수 있다고 언질까지 받은 상황.

그렇기에 가드너와 병사들은 몬스터가 쳐들어왔다고 생각했다.

그리고.

크아아아아아!

가드너와 병사들이 옳았다.

흙먼지를 일으키며 점점 다가오고 있는 무리들은 다름 아닌 카오스 몬스터들이었으니까.

동쪽 외벽 밖.

"빨리 움직여!"

울라프는 다급한 목소리로 소리쳤다.

치솟아 오르는 흙먼지를 발견한 후, 얼마 지나지 않아 동쪽 외벽에서 경계 중인 병사들이 위험할지도 모른다면서 안으로 들어오라고 했다.

그래서 울라프는 즉시 모든 작업을 중단시키고 병사들의 말에 따랐다.

하지만.

"저건?"

울라프는 놀란 표정으로 흙먼지 속에서 모습을 드러내고 있는 카오스 몬스터 무리를 바라봤다.

아직 멀리 떨어져 있어서 잘 보이진 않았지만, 무리보다 더 빠르게 달려오고 있는 몬스터들이 있었다.

전체적인 모습으로 보아 검은 늑대들처럼 보였다.

"선발대인가?"

"울라프 형님!"

울라프가 선발대로 달려오는 검은 늑대들을 바라보고 있을 때, 에릭이 다급한 목소리로 그를 소리쳐 불렀다.

에릭을 비롯한 스벤, 베른하르트도 울라프를 따라 노팅힐 영지에 와서 외벽 보수 작업 중이었다가 이런 낭패를 당한 것이다.

"뭐 하고 있습니까!"

"빨리 이쪽으로 오세요!"

동쪽 외벽 정문 앞에서 스벤과 베른하르트가 울라프와 에릭을 향해 소리치고 있었다.

하지만 울라프는 이를 악물고 검은 늑대들을 노려봤다.

'시간이 없어.'

빠른 속도로 검은 늑대들이 달려오고 있는 상황.

외벽에 남아 있는 인원들이 전부 들어가기도 전에 검은 늑대들이 덮쳐들겠지.

그렇게 되면 상당한 피해를 각오해야 했다.

'그렇게는 안 돼!'

울라프는 정문 옆에 만들어 둔 임시 창고를 향해 뛰어갔다.

임시 창고의 자물쇠는 울라프만이 열 수 있으며, 창고 한쪽에는 비상시에 사용할 무구들을 보관하고 있었다.

그곳에서 자신이 쓸 대형 도끼를 꺼내 든 울라프는 등에 멨다.

그리고 다른 도끼와 검, 창 등을 한가득 안아들고 창고에서 나오며 소리쳤다.

"너희들도 와서 이거 들어. 정문 앞에서 방어진을 짜야 돼!"

"설마 싸울 생각입니까?"

"그럼? 일단 저놈들부터 막아야지. 저놈들 못 막으면 어떻게 될 것 같아?"

다 죽겠지.

에릭은 눈살을 찌푸리며 뒤를 돌아봤다.

"애들아, 공방장님 말씀 들었지? 어서 연장 챙겨라! 오늘 늑대 고기 한번 먹어 보자!"

에릭을 시작으로 스벤과 베른하르트를 비롯한 드워프들은 울라프가 들고 온 무구들로 무장하기 시작했다.

"가세하겠습니다."

그들뿐만이 아니라 창과 방패로 무장한 영지군 병사 약 20명도 외벽 정문 앞까지 나와 반구형으로 방어진을 짜며 자리를 잡았다.

그 순간.

크와아아앙!

눈에 보일 정도로 가까이 다가온 검은 늑대들이 일제히 괴성을 내질렀다.

검은 늑대들을 본 울라프가 에릭을 흘겨봤다.

"저걸 잡아먹자고?"

2성 카오스 일반 몬스터.

블랙 덴타클 울프.

전체적인 모습은 검은 늑대처럼 생겼지만 등에 기괴하게 생긴 촉수들을 잔뜩 짊어지고 있었다.

거기다 몸이 반쯤 녹아내린 흉측한 몰골이었다.

언데드에 가까운 몬스터였던 것이다.

"......"

울라프의 시선에 에릭은 어깨를 으쓱했다.

그런 에릭의 모습에 고개를 흔든 울라프는 다시 검은 늑대들을 노려봤다.

'저런 몬스터가 존재한다는 소린 듣도 보도 못했는데…….'

울라프는 장담했다.

아크 대륙에 저런 촉수를 가진 기괴한 몬스터는 존재하지 않는다고.

"발사!"

슈슈슉!

그때 외벽 위에서 화살비가 쏟아지기 시작했다.

외벽 위에서 대기 중이던 궁수대와 자동 석궁 발사기들이 검은 늑대들이 다가오자 화살을 뿜어내기 시작한 것이다.

킹! 깨갱!

쏟아지는 강철 화살 앞에 열 마리가 넘는 검은 늑대들이 땅바닥에 널브러졌다.

"그렇지!"

"화살 맛이 어떠냐!"

그 모습을 본 사람들은 환호성을 질렀다.

'내가 너무 걱정했나?'

혹시 몰라 무기를 꺼내 들고 방어 진형을 짜던 울라프는 가슴을 쓸어내렸다.

외벽 위에서 쏟아지는 화살비 앞에 검은 늑대들이 주춤거렸기 때문이다.

울라프를 비롯한 드워프들과 사람들의 얼굴에 희망의 빛이 생겨났다.

이대로라면 검은 늑대들을 견제하고 카오스 몬스터들의 본대가 오기 전에 충분히 피난을 완료할 수 있을 것 같았으니까.

하지만.

크헝! 크허헝!

상황이 급변하기 시작했다.

"저건 또 무슨 짓이야?"

울라프는 놀란 표정으로 블랙 덴타클 울프들을 바라봤다.

그들의 몸이 하나로 합쳐지고 있었기 때문이다.

검은 늑대 몇 마리가 기이한 울음소리를 냈다. 그러자 다른 검은 늑대들이 달라붙으며 몸을 합치기 시작했다.

검은 늑대들이 하나가 되어 가는 과정은 기괴하기 짝이 없었다.

"미친."

그 모습을 본 베른하르트가 기가 막히다는 표정으로 한마디 했다.

다른 사람들도 마찬가지 심정이었다.

크아아아앙!

이윽고 합일을 마친 검은 늑대가 길게 포효를 내질렀다.

생김새는 블랙 덴타클 울프와 다르지 않았다.

다만, 덩치가 3배는 더 커졌고 몸이 반쯤 녹아내린 흉물스러운 모습이 아니라 단단해 보이는 피부와 털이 자라나 있었다.

또한, 등에 달린 촉수도 더 굵어졌고 커졌다.

블랙 덴타클 울프의 완전체라고 해야 할까.

그리고 약 마흔 마리에서 열 마리 정도로 수가 줄긴 했지만, 등급이 3성으로 오르면서 위험도는 도리어 올랐다.

"쏴! 빨리!"

완전체가 된 검은 늑대들의 위협에 6번대 십부장 가드너는 외벽 위에서 궁수대를 재촉했다.

슈슈슉!

다시 한번 화살비가 덩치가 거대해진 검은 늑대들을 향해 쏟아지기 시작했다.

그들은 나이젤이 큰마음 먹고 투자한 강철 화살을 아낌없이 쏟아부었다.

일반 나무 화살보다 관통력이 더 뛰어났기에 검은 늑대들에게 피해를 줄 수 있었다.

이번에도 분명 마찬가지일 터!

쌔애액!

수많은 강철 화살들이 날카로운 파공성을 내며 검은 늑대들을 꿰뚫기 위해 쇄도했다.

하지만.

깡! 까강!

"……!"

정문 앞에서 방어진을 치고 있던 사람들은 눈을 부릅떴다.

검은 늑대들을 꿰뚫을 것처럼 쏟아지던 강철 화살들이 거친 쇳소리와 함께 튕겨 나갔기 때문이다.

"마, 말도 안 돼."

"어떻게 저럴 수가?"

놀랍게도 검은 늑대들은 등에 달린 촉수를 휘두르며 강철 화살들을 땅바닥에 내동댕이치고 있었다.

검은 늑대들의 촉수가 강철만큼 단단해진 것이다.

'아, 안 돼.'

울라프는 절망적인 표정을 지었다.

아직 동쪽 외벽에는 피난을 완료하지 못한 드워프들과 일꾼들이 있었다.

그런데 검은 늑대들은 비처럼 쏟아지는 강철 화살을 촉수로 후려치며 방어할 수 있을 정도로 강해진 상황.

실제로 쏟아지는 강철 화살 속에서도 검은 늑대들은 붉은 눈을 빛내며 조금씩 다가오고 있는 중이었다.

분명 강철 화살의 견제가 끝나면 바로 자신들을 향해 달려들 겠지.

'이제 방법이 없어.'

방어 진형의 선두에서 거대한 전투 양날 도끼를 양손으로 꽉 쥔 울라프는 식은땀을 흘렸다.

검은 늑대들이 합쳐지기 전이었다면, 방어 진형을 중심으로 어떻게든 버틸 수 있었을 것이다.

하지만 이제는 아니었다.

검은 늑대들이 강해졌으니까.

울라프를 비롯한 드워프들과 병사들은 절망감이 깃든 표정으 로 검은 늑대들을 바라봤다.

몸이 사시나무 떨리듯 떨려 왔다.

그럼에도 병사들은 도망치지 않았다.

그저 이를 악물고 검은 늑대들을 노려볼 뿐.

어디에도 도망칠 곳은 없었으니까.

크아아앙!

아니나 다를까, 강철 화살의 비가 끝난 직후 검은 늑대들이 달려오기 시작했다.

"온다!"

"막아!"

"방패병 준비!"

지금 같은 상황에 대비하기 위해 새롭게 방패병들로만 구성된 십인대가 방어 진형 가장 앞에서 일렬로 섰다.

"박아!"

쿵!

방패병 십부장의 외침에 1.5미터 크기의 방패를 지면에 내려 박았다. 그리고 한쪽 무릎을 꿇으며 굳건하게 방어 자세를 취했다.

방패병들 뒤에 창병 십인대가 대기 중이었고, 그 너머에 전투 경험이 있는 올라프를 비롯한 드워프 열 명이 대형 도끼를 들고 있었다.

그들은 흉악하기 짝이 없는 검은 늑대들을 바라봤다. 절로 식은땀이 흐르고 몸이 떨려 왔다.

그 속에서 방패병 십인대를 이끄는 가렌이 나직한 목소리로 한마디 했다.

"걱정하지 마라. 그분이 올 테니까."

그 한마디에 병사들의 떨림이 멈췄다. 가렌이 말한 그분이 누구인지 다들 떠올렸으니까.

"그러니까 버텨라."

그들의 목적은 단 하나.

시간을 버는 것이다.

민간인 일꾼들이 도망칠 때까지 혹은 지원 병력이 올 때까지.

크아아아!

그렇게 병사들이 마음을 다잡는 사이, 검은 늑대들이 바로 눈앞까지 달려왔다.

"찔러!"

"하!"

방패 사이로 죽창과도 같은 창병들의 장창이 내질러졌다.

푸푸푹!

크허어어엉!

검은 늑대 한 마리가 창날이 피부를 뚫고 박혀 들어오자 비명 같은 괴성을 내질렀다.

하지만 그뿐이었다.

창날은 일부만 박혀 들어갔다.

거기다 검은 늑대의 덩치가 커진 상태였기에 피해를 크게 입히진 못했다.

단지 검은 늑대의 화만 돋우었을 뿐.

검은 늑대는 괴성을 내지르며 등에 달린 강철처럼 단단한 촉수를 방패병들을 향해 휘둘렀다.

까가가강!

"크윽!"

촉수가 한 번 훑고 지나가자 방패병들은 신음 소리를 흘렸다.

그래도 버텨 낼 수 있었다.

방패병들 뒤에서 창병이 등을 받치고, 그 뒤에 드워프들이 어깨를 밀며 창병들을 받쳐 주고 있었으니까.

"버텨!"

"무너지면 다 죽는다!"

그들은 이를 악물며 전의를 다졌다.

크르르.

그때 검은 늑대 세 마리가 그들 앞에 다가와 좌우로 어슬렁거렸다.

파바바밧!

순간 검은 늑대들 등에서 촉수가 솟구쳐 올랐다.

총 20개가 넘는 촉수들이 일렁일렁 기분 나쁘게 움직였다.

"설마?"

그것을 본 가렌은 식은땀을 흘렸다.

슈슈슉!

예상대로 촉수들이 날카로운 파공성을 가르며 방패병들을 향해 쏘아졌다.

쾅! 콰쾅!

강철처럼 육중하고 무거운 촉수들이 방패들을 강타하기 시작했다.

"크아아악!"

강렬한 충격에 방패병들은 비명을 지르며 나가떨어졌다.

방패 자체는 강철로 만들어진 데다가 지면에 꽂아도 버틸 수 있도록 그랜드 공방의 드워프들이 설계를 한 덕분에 튼튼했다.

검은 늑대들의 단단한 촉수에도 기스만 났을 뿐이었다.

나이젤이 광석을 판 돈을 방패에 바른 덕분이었다.

하지만 문제는 방패병들이 촉수들이 부딪친 충격을 버티지 못하고 나가떨어졌다.

방패병의 등을 누르고 있던 창병들과 드워프들까지도 말이다.

"아, 안 돼!"

"진형을 유지해라!"

나가떨어진 드워프들과 병사들은 재빨리 몸을 일으키며 다시 방어진을 짜려고 했다.

하지만 그땐 이미 검은 늑대들이 촉수를 휘두르며 덮쳐들고 있었다.

'끝인가?'

울라프를 비롯한 드워프들은 몸에서 힘이 쫙 빠졌다.

일 때문에 외벽 공사를 하러 왔을 뿐인데 이 무슨 낭패인지.

수성전이었다면 버티고도 남았을 테지만, 지금 같은 상황에서는 뭘 어떻게 할 수 없었다.

강철 화살을 쳐내는 촉수를 가진 기괴한 몬스터를 상대로 대체 어떻게 싸운단 말인가?

정문 앞에서 방어진을 치고 있던 드워프들과 영지군 병사들은 깊은 절망감에 빠졌다.

자신들은 이대로 아무것도 할 수 없다고.

크아아아!

"으아아아아!"

검은 늑대 하나가 방패병을 향해 거대한 입을 벌리며 깨물기 직전⋯⋯.

쌔애애액!

외벽 안쪽에서 초록빛 하나가 날카로운 파공성을 내며 하늘로 솟구쳐 올랐다.

어찌나 강렬한지 하늘이 초록빛으로 빛나 보일 정도였다.

갑작스러운 초록빛에 병사 한 명을 물어뜯으려고 했던 검은 늑대의 시선이 하늘로 향했다.

다른 검은 늑대들도 마찬가지.

퍼엉!

순간 초록빛이 폭발했다.

쏴아아아아!

그 직후 폭발한 초록빛이 수없이 쪼개지면서 비수처럼 검은 늑대들을 향해 쏟아져 내렸다.

푸푸푹!

놀랍게도 초록 빛살은 검은 늑대들의 몸을 손쉽게 파고들었다.

크아아앙!

쏟아지는 초록 빛살을 피하기 위해 검은 늑대들은 좌우로 미친 듯이 뛰어다녔다.

하지만 의미 없는 몸부림이었다.

초록 빛살은 정확히 방패병들 앞을 시작으로 광범위하게 검은 늑대들만을 노리고 폭우처럼 쏟아져 내렸으니까.

그 때문에 초록 빛살에 몸이 꽂힌 검은 늑대들은 괴성을 지르며 하나둘 쓰러졌다.

잠시 후, 초록 빛살의 폭우가 끝났다.

초록 빛살이 박힌 검은 늑대들은 제법 피해를 크게 입었지만 죽지는 않았다.

그저 숨을 몰아쉬면서 회복의 순간을 기다리고 있을 뿐.

하지만 현재 검은 늑대들의 상태라면 영지군 병사들이 충분히 숨을 끊을 수 있었고, 사람들을 피난시킬 시간을 충분히 벌 수 있었다.

다만,

크와아아앙!

문제는 모든 검은 늑대들이 쓰러지지 않았다는 사실이었다.

가장 후방에 있던 세 마리는 상대적으로 피해가 적었기에 몸을 움직일 수 있었다.

그놈들은 초록 빛살 폭우가 끝나자 재빨리 바닥에 쓰러져 있는 검은 늑대들을 향해 달려들었다.

콰직! 으적으적!

그리고 쓰러진 동료의 시체를 뜯어 먹는 게 아닌가?

"도, 독한 놈들."

그 모습을 본 가렌은 눈살을 찌푸렸지만 이내 뒤를 돌아보며 소리쳤다.

"다시 방어 진형을 갖추어라!"

가렌의 명령에 병사들은 빠르게 진형을 갖췄다. 조금 전과 다르게 그들의 얼굴에는 희망이 감돌았다.

왜냐하면.

"조금만 더 버티세요. 저놈들은 제가 맡겠습니다."

아리아 플로렌스.

노팅힐 영지에서 가장 강한 그녀가 지원군으로 와 주었으니까.

"아리아 님이 오셨다!"

"감사합니다, 아리아 님!"

아리아의 등장에 동쪽 외벽에 있던 병사들과 민간인 일꾼들 사이에서 환호성이 일었다.

자신들은 손도 쓸 수 없는 거대한 늑대들을 단번에 일곱 마리나 전투 불능 상태로 만들었으니까.

A급 스킬, 그린라이트 레인.

하늘로 쏘아올린 초록빛 마력 화살을 폭발시켜서 비수 같은 빛의 조각으로 적들을 분쇄하는 스킬로 말이다.

그린라이트 레인은 공격 범위가 넓어 다수의 적을 상대하는 데 좋지만, 그만큼 위력은 떨어지는 편이었다.

그 때문에 검은 늑대들을 죽이지 못했고, 가장 후방에 있던 세 마리는 몸을 움직일 정도는 되었다.

하지만 아리아의 생각대로였다.

애초에 그린라이트 레인을 사용한 이유는 병사들을 습격하는 검은 늑대들을 견제하기 위함이었으니까.

끼이익!

방패병들 앞에 선 아리아는 검은 늑대들을 노려보며 활시위를 잡아당겼다.

폭풍궁, 스톰브링거.

폭풍을 부르는 활.

아리아가 전성기 시절부터 사용한 전설급 활이다.

그리고 스톰브링거의 특징 중 하나는 화살이 필요 없다는 사실이었다.

키이잉!

아무것도 없는 활시위에서 초록빛 마나가 모여들기 시작하며 화살 형상을 취했다.

파앙!

이윽고 초록빛 마력으로 이루어진 화살이 검은 늑대 한 마리를 향해 날아갔다.

날카로운 파공성을 내며 검은 늑대를 향해 날아드는 초록빛 마력 화살.

휘리릭!

위기를 감지한 검은 늑대는 재빨리 열 가닥의 촉수를 전방에 전개했다.

카앙!

"……!"

순간 아리아는 놀란 표정을 지었다.

검은 늑대의 촉수 네 개가 초록빛 마력 화살을 붙잡았기 때문이다.

하지만 여전히 초록빛 마력 화살은 기세를 잃지 않았다.

촉수를 뿌리치고 검은 늑대의 머리를 꿰뚫으려고 했다.

문제는 검은 늑대의 촉수가 열 개가 넘는다는 사실이었지만.

쾅! 쾅! 쾅!

뒤이어 나머지 촉수들이 초록빛 마력 화살을 막기 위해 붙잡았다.

크르르!

강철 같은 촉수 열 개로 초록빛 마력 화살을 붙잡은 검은 늑대는 이를 드러내 보였다.

명백한 적의.

눈앞에 있는 여자를 씹어 먹을 작정이었다.

거기다 현재 남은 세 마리는 다른 검은 늑대들을 흡수한 뒤였기에 그린라이트 레인을 썼을 때보다 더 강해져 있었다.

이대로라면 초록빛 마력 화살이 기세를 잃고 떨어지는 건 시간문제일 터.

하지만.

콰가가가각!

초록빛 마력 화살에서 극렬한 변화가 일어나기 시작했다.

Chapter

4

그러더니 돌연 초록빛 마력 화살이 격렬하게 회전을 시작하는 게 아닌가.

아리아가 주력으로 사용하는 A급 전투 스킬들 중 하나인 스파이럴 샷이었다. 사실 그녀의 전투 스타일은 저격이었다. 다수의 적보다, 1인을 상대하는 게 특기였던 것이다.

콰득! 콰지직!

이윽고 검은 늑대의 촉수가 초록빛 화살의 나선력을 이기지 못하고 하나씩 튕겨 나갔다.

얼마 지나지 않아 초록빛 마력 화살은 검은 늑대의 촉수를 전부 튕겨 내며 벗어났다.

그 순간 초록빛 마력 화살과 검은 늑대의 머리 사이에는 아무것도 없었다.

파바바박!

순식간에 초록빛 마력 화살이 검은 늑대의 미간을 파고들며 관통했다.

쿠웅.

검은 늑대는 비명조차 지르지 못하고 절명한 채 육중한 소리를 내며 쓰러졌다.

'이 정도로 강할 줄은……'

하지만 놈들을 제압한 아리아의 얼굴은 오히려 어두웠다.

조금 전 동족 포식 중인 검은 늑대의 허를 찔러 공격했다.

완전히 빈틈을 노린 일격!

그런데 설마 촉수들을 움직여 방어할 줄이야.

스파이럴 샷이 아니었으면 화살은 촉수들을 뿌리치지 못하고 그대로 무력하게 막혔을 것이다. 조금만 힘이 부족했으면 검은 늑대를 쓰러뜨리지 못했을 수도 있었다.

"제가 저놈들을 유인할 테니 그 틈에 피난하세요."

아리아는 방어진을 짜고 있는 병사들과 드워프들에게 말했다. 잔뜩 내려앉은 그녀의 말에는 긴장감이 서려 있었다.

"하, 하지만……"

가렌은 우려 섞인 얼굴로 아리아의 작은 등을 바라봤다.

가까이서 본 그녀는 생각보다 더 왜소해 보였다.

대체 저 작은 몸 어디에서 검은 늑대를 쓰러뜨릴 힘이 나온 것일까?

탁.

그때 뭔가를 결심한 듯 고개를 끄덕인 울라프가 가렌에게 다가가 어깨를 붙잡았다.

"여기는 그녀에게 맡깁시다."

울라프는 자신들이 아리아의 발목을 잡을 뿐이라는 말까진 하지 않았다.

가렌을 비롯한 병사들도 잘 알고 있었으니까.

자신들과 그녀의 힘의 차이는 명백했다.

'그럼.'

아리아는 병사들과 드워프들을 뒤로하고 눈앞에 있는 검은 늑대들을 노려봤다.

현재 검은 늑대들은 3성 카오스 몬스터들 중에서 가장 강한 개체로 성장한 상황.

'빠르게 끝내야 돼.'

사아아아.

그녀의 주위로 녹색 바람이 일어났다.

그녀가 지닌 스킬 중 하나인 윈드 워커였다. 윈드 워커는 공기로 이루어진 발판을 생성해서 공중으로 뛰어오를 수 있게 하는, 그녀의 기동성을 비약적으로 높여 주는 스킬.

팟팟팟!

아리아는 마치 바람처럼 유려한 움직임으로 허공을 박차며 뛰어올랐다.

검은 늑대들의 머리 위까지 공중을 박차고 올라간 그녀는 스톰브링거의 활시위를 당겼다.

끼이익!

파앙! 파앙! 파앙!

검은 늑대들의 머리 위에서 지그재그로 빠르게 허공을 유영하듯 움직이면서 초록빛 마력 화살을 연사했다.

크르륵?

검은 늑대들은 머리 위에서 쏟아지는 폭풍우 같은 화살 비를 올려다보며 망연자실한 표정을 지었다.

그 어디에도 피할 곳이 없었구나.

잠시 후…….

콰쾅! 콰콰쾅!

지면에 떨어진 초록빛 마력 화살들이 어마어마한 폭발을 일으키며 검은 늑대들을 집어삼켰다.

*   *   *

아리아의 도움으로 동쪽 외벽에서 공사를 작업하던 드워프들과 일꾼들은 무사히 피난을 완료할 수 있었다.

하지만 전투는 이제 시작되었을 뿐이었다.

"다리안 영주님, 이곳은 위험합니다. 성으로 돌아가시지요."

"나는 괜찮네, 해리 오십부장. 어차피 이곳이 뚫리면 안전한 장소는 없지 않나?"

"……."

다리안 영주의 말에 해리는 아무 말도 못 했다. 그 말대로였으니까.

그리고 지금 그들은 동쪽 외벽 위에 마련된 지휘부에 있었다.

지휘부는 외벽 위에서 최대한 가장 안쪽에 위치해 있으며 높게 지어져 있었기에 외벽 위 상황과 외벽 너머의 동쪽 평원이 잘 보였다.

거기다 드워프들이 특별히 견고하게 지은 벙커 같은 건축물이었기에 굉장히 튼튼했다.

그렇다고 해도 성채 도시 중심부에 있는 영주성에 비하면 안전하진 않지만.

"나이젤 백부장이 돌아올 때까지만 버티세."

"예."

해리는 더 이상 다리안 영주에게 영주성으로 돌아가기를 권하지 않았다.

나이젤이 바뀌었던 것처럼, 다리안 영주도 점점 바뀌어져 가고 있음을 느꼈으니까.

한 달 전과 비교하면, 최근 다리안 영주는 자신감이 조금 생겨나 보였으니까.

'이것도 나이젤 덕분인가?'

해리는 급박한 상황에서도 속으로 슬쩍 웃었다.

지난 한 달간 노팅힐 영지의 사람들은 달라졌다.

활기가 생기기 시작한 것이다.

당장 영주성만 해도 피곤에 찌든 얼굴을 한 사람들이 많았지만 이제는 눈빛이 살아 있었다.

나이젤이 이것저것 준비하라고 던져 준 일거리를 모두 함께 처리하면서 소속감을 느끼기 시작했기 때문이다.

당장 해리와 루크만 해도 서로 많이 친해졌다.

매일 같이 얼굴을 맞대며 영지 운영을 위한 자금과 인재들을 영입하기 위해 불철주야 고생하며 함께 일한 덕분이었다.

영지군 병사들 또한 고된 훈련을 함께하면서 전우애가 생겨났다.

그렇기에 비록 몸은 힘들어도 눈빛은 살아 있었다.

자신들이 하고 있는 일에 달성감과 소속감을 느끼고 있었으니까.

그 중심에 나이젤이 있다는 사실은 두말할 나위 없었다.

다만 현재 문제는……

"놈들이 접근하지 못하게 막아라!"

"올라오지 못하게 떨어뜨려!"

지휘부 바깥, 성채 도시 동쪽 외벽이 공격받고 있다는 사실이었다.

동쪽 외벽 위.

노팅힐 영지군은 동쪽 외벽에 몰려온 몬스터들을 상대로 치열하게 수성전을 벌이고 있었다.

"대체 이놈들은 뭐지?"

딜런은 눈살을 찌푸리며 외벽 아래에서 기괴하게 생긴 카오스 몬스터들을 내려다봤다.

[1성 일반 카오스 몬스터 덴타클 하운드]

전반적인 생김새는 2미터 몸길이를 가진 개처럼 생겼다.

다만, 어깨에 1미터 길이의 위협적인 뿔이 돋아나 있었으며 등에는 촉수가 하늘하늘 춤추고 있었다.

그런 놈들 수십 마리가 외벽에 달라붙어 기어오르고 있었고, 그 아래에도 약 이백 마리 정도가 어슬렁거리는 중이었다.

거기다 동쪽 평원에서 계속 튀어나오고 있는 상황.

"나이젤 백부장님이 말씀하셨던 몬스터들 아닙니까?"

딜런 옆에서 텐타클 하운드들을 향해 돌덩이를 던지던 트론이 고개를 갸웃거리며 말했다.

"그건 나도 알고 있어. 다만 아크 대륙에 저런 몬스터들이 있다는 소린 듣도 보도 못했으니까 문제지."

"아크 대륙에는 저런 몬스터들이 없습니까?"

"없어. 적어도 내가 아는 몬스터들 중에는."

트론의 질문에 딜런은 단언했다.

어렸을 적, 모험가였던 아버지를 따라 아크 대륙을 여행한 적이 있었다.

그 기간 동안 다양한 몬스터들을 만나거나 혹은 모험가들에게 여러 가지 이야기들을 들었다.

덕분에 어지간한 몬스터라면 대부분 다 알고 있었다.

하지만 외벽 아래에 있는 개처럼 생긴 놈들은 달랐다.

어깨에 긴 뿔이 돋아나 있고, 등에 촉수가 솟아나 있는 하운드 계열 몬스터는 보기는커녕 들어 본 적도 없었으니까.

"아무튼 놈들이 벽 위로 올라오지 못하게 막아라."

"넵!"

딜런의 명령에 트론은 외벽 아래를 노려봤다.

지금 이 순간에도 텐타클 하운드들은 외벽을 기어오르기 위해 안간힘을 쓰고 있었다.

하지만 노팅힐 영지군은 지금 같은 상황에 맞서 나름대로 철저하게 대비해 왔다.

딜런은 옆을 돌아보며 입을 열었다.

"준비되는 대로 쏴."

"옙!"

딜런의 명령에 자동 석궁을 담당하는 병사들이 바쁘게 움직이기 시작했다.

잠시 후.

드르륵!

깽! 깨갱!

외벽 위에 설치된 자동 석궁 발사기에서 화살이 뿜어져 나왔다.

유효 살상 거리가 짧다는 단점이 있었지만, 외벽 근처에 있는 덴타클 하운드들을 피떡으로 만들기에는 충분했다.

그뿐만이 아니다.

푸푹!

크헝!

외벽을 타고 기어오르던 덴타클 하운드의 부드러운 배를 죽창이 꿰뚫었다.

벽면에 숨겨져 있는 함정이 발동한 것이다.

죽창에 찔린 덴타클 하운드는 비명을 지르며 벽면에 떨어져 내렸다.

이와 같은 상황이 동쪽 외벽 전체에서 일어났다.

비록 보수공사가 완료되지 않아 미완성인 상태였지만, 드워프 장인들이 보수하고 개조를 한 외벽답게 상당한 방어 능력을 자랑했다.

'좋아. 이 정도면 버틸 수 있겠군.'

생전 처음 보는 몬스터들인 데다가 숫자도 상당히 많아서 과연 버틸 수 있을까 걱정이 되었었다.

하지만 이처럼 성벽을 끼고 수성전을 벌인다면 충분히 싸울 만하다는 생각이 들었다.

'문제는 저놈들이지.'

딜런은 눈을 가늘게 뜨며 동쪽을 바라봤다.

그곳에 기괴하게 생긴 카오스 몬스터들이 뭉쳐 있는 모습이 보였다.

카오스 몬스터의 본대는 아직 평원에서 대기 중이었다.

분명 지금 외벽을 덮치고 있는 놈들이 선발대일 테지.

자신들이 어떻게 나올지 상황을 보기 위해서.

'하지만 그분이 돌아오신다면……'

그럼에도 딜런은 물론 노팅힐 영지군은 희망을 잃지 않았다.

이대로 시간을 번다면 그분이 돌아올 테니까.

그것도 아크 대륙 최강의 용병단, 크림슨 미드나이트와 함께.

그때가 오면 동쪽 평원에서 진을 치고 있는 보기 싫은 카오스 몬스터들을 치워 버릴 수 있을 터.

딜런은 장검을 치켜들며 소리쳤다.

"나이젤 백부장님이 돌아오실 때까지 버텨라!"

와아아아아!

딜런의 외침에 여기저기에서 병사들의 함성 소리가 울려 퍼지며 영지군의 사기가 올랐다.

사기가 고조된 병사들은 외벽을 기어 올라오는 하운드들을 향해 화살을 쏘거나 검과 창을 휘둘렀다.

그 때문에 자동 석궁의 화살들과 함정을 피해 외벽 끝까지 기어 올라간 하운드들은 병사들의 창칼에 맞아 떨어지기 일쑤였다.

어디 그뿐인가?

팡! 팡! 팡!

폭풍궁, 스톰브링거에서 녹색 바람의 화살이 쉴 새 없이 뿜어져 나가고 있었다.

아리아가 내쏜 화살은 한 발 한 발 거짓말처럼 하운드들의 머리에 명중했다.

그녀의 화살에 쓰러진 하운드들만 백 마리가 가뿐히 넘었다.

그녀뿐만이 아니다.

"이놈들! 내가 있는 한 한 마리도 올라오지 못할 줄 알아라!"

호쾌한 웃음소리와 함께 백부장 가리안은 장검을 휘두르며 덴타클 하운드들의 머리를 반으로 갈랐다.

가리안 백부장 덕분에 벽 위로 올라오기 직전이었던 하운드들은 머리가 두 조각나면서 떨어져 내렸다.

이미 전투가 시작된 지 상당 시간 지났기 때문에 둘의 얼굴에는 지친 기색이 역력했다.

하지만 그들의 활약으로 적어도 수백 마리가 넘는 하운드들을 처리할 수 있었다.

아무리 텐타클 하운드들이 수도 없이 몰려와도 분명 한계가 존재할 터.

이대로 조금만 더 버틴다면 나이젤이 돌아오지 않아도 충분히 카오스 몬스터들을 쫓아낼 수 있을지도 모른다는 희망이 병사들의 마음속에서 솟아나기 시작했다.

적어도 지금까지는.

쾅!

순간 어마어마한 굉음이 터지며 커다란 충격이 동쪽 외벽 전체를 뒤흔들었다.

"뭐, 뭐야? 대체 무슨 일이야!"

갑작스러운 상황에 딜런은 놀란 표정을 지었다.

다른 병사들 또한 화들짝 놀란 얼굴로 주위를 두리번거렸다.

그때 새하얗게 질린 표정으로 트론이 딜런을 소리쳐 불렀다.

"디, 딜런 십부장님!"

"왜?"

"벼, 벽이 뚫렸습니다!"

"뭐?"

예상치도 못한 보고에 순간 딜런은 머릿속이 새하얘졌다.

벽이 뚫렸다니?

어떻게?

딜런은 발작적으로 외벽 아래를 내려다봤다. 외벽 정중앙 아래쪽이 움푹 파인 모습이 보였다.

"……"

딜런의 얼굴이 핼쑥해졌다.

대체 언제 공격을 받았단 말인가?

다행히 트론의 호들갑과 다르게 아직 벽은 뚫리지 않았다.

갑작스러운 사태에 경황이 없어진 트론이 벽이 안쪽으로 푹 파인 모습을 보고 뚫린 줄 알았던 모양이었다.

'이 자식이!'

딜런은 잠시 트론을 노려봤다.

진짜 벽이 뚫린 줄 알고 심장이 튀어나오는 줄 알았으니까.

하지만 안도하긴 일렀다.

지금 같은 공격을 몇 번 더 받는다면 정말 뚫릴 수도 있었으니까.

크르르!

그때 외벽 아래쪽에 움푹 파인 곳을 향해 하운드 몇 마리가 달려드는 모습이 보였다.

"저놈들은?"

딜런은 눈을 부릅떴다.

지금 외벽을 향해 달려드는 놈들은 덴타클 하운드와 비슷하게 생겼지만 달랐다.

놈들의 등에 촉수가 없었기 때문이다. 아니, 촉수 대신에 초록색 액체가 들어 있는 물집 같은 큰 수포가 이곳저곳에 드러나 있었다.

[2성 일반 카오스 몬스터 포이즌 하운드]

덴타클 하운드보다 등급이 높고 더 강력한 개체였다.

크아아아아앙!

포이즌 하운드 열 마리가 최초의 공격으로 약해진 외벽 아래쪽을 향해 돌진하며 온몸을 내던졌다.

쾅! 콰쾅!

푸쉬쉬쉬쉭!

그러자 외벽에 부딪친 포이즌 하운드들이 폭발하는 게 아닌가?

거기다 수포가 터지면서 사방으로 초록색 액체를 퍼뜨렸다. 포이즌 하운드의 고유 능력 맹독 자폭이었다.

"아, 안 돼!"

그 모습을 본 딜런은 경악한 표정을 지었다.

10미터 높이의 외벽 아래쪽에 정말 구멍이 뚫리고 있었기 때문이다.

포이즌 하운드가 자폭을 하면서 초록색 맹독을 사방에 뿌리며 외벽을 녹였으니까.

고작 몇 마리 정도였다면 문제되지 않았겠지만 어디선가 계속 포이즌 하운드들이 나타났다.

그리고 외벽 아래쪽을 향해 닥치고 돌격해 왔다.

마치 어택 땅을 찍은 것처럼.

"마, 막아! 절대 저놈들을 벽 근처로 다가오게 해서는 안 된다!"

뒤늦게 상황을 파악한 딜런이 비명처럼 외쳤다.

그의 명령에 병사들은 화살을 쏘거나 미리 준비해 두었던 돌과 기름을 쏟아붓기 시작했다.

하지만 역부족이었다.

어느 틈엔가 포이즌 하운드들의 숫자가 어마어마하게 불어나 있었으니까.

"아리아 님!"

딜런은 최후의 희망으로 아리아 플로렌스를 불렀다.

키이잉!

그렇지 않아도 아리아는 스톰브링거의 활시위를 당기며 마력을 모으고 있었다.

'이걸로 마지막이야.'

아리아는 이를 악물었다.

이미 한참 전부터 그녀의 마나는 바닥을 드러냈다.

블랙 텐타클 울프들을 상대하고, 그 후에는 수많은 텐타클 하운드들을 상대하면서 마나가 고갈된 것이다.

투확!

이윽고 스톰브링거에서 눈부신 초록빛 화살이 포이즌 하운드들을 향해 날아들었다.

초록빛으로 빛나는 단 하나의 화살.

푸욱!

초록빛 화살이 포이즌 하운드 한 마리의 대가리에 구멍을 냈다.

그것으로 끝이 아니었다.

머리통에 구멍을 낸 초록빛 화살은 이내 옆에 있던 또 다른 포이즌 하운드의 몸통을 꿰뚫었다.

그다음은 또 다른 포이즌 하운드들의 몸을 관통하면서 지나갔다.

마치 사슬처럼 포이즌 하운드들을 꿰뚫고 지나가는 초록빛 마력 화살.

그린 체인 애로우.

그녀가 보유한 A급 스킬 중 하나였다. 그린 체인 애로우는 순식간에 열 마리가 넘는 포이즌 하운드들의 몸을 꿰뚫었다.

펑! 퍼벙!

그녀의 화살에 꿰뚫린 포이즌 하운드들이 폭발하면서 사방으로 초록색 독액을 퍼뜨렸다.

키에에엑!

폭발한 포이즌 하운드들 주변에 있던 카오스 몬스터들도 무사하지 못했다.

포이즌 하운드들의 맹독은 피아 불문이었으니까.

펑! 퍼버버버벙!

독액을 뒤집어쓴 포이즌 하운드들이 연쇄적으로 폭발하면서 사방에 상당한 피해를 입혔다.

킹! 컹컹!

아우우우우우!

그때 멀리서 하운드들이 울부짖는 소리가 길게 울려 퍼졌다.

두두두두두!

"아······."

아리아를 시작으로 딜런과 트론, 그리고 외벽 위에 있던 영지 군들은 멍한 표정으로 동쪽 평원 너머를 바라봤다.

카오스 몬스터들의 본대가 움직이기 시작한 것이다.

　　　　　*　　　　　　　*　　　　　　　*

"별거 없군."

동쪽 평원 너머 카오스 몬스터들의 본진 후방.

그곳에 나른한 표정으로 노팅힐 영지의 성채 도시를 바라보고 있는 인물이 있었다.

아니, 그는 인간이 아니었다.

검은 마기를 갑옷처럼 두르고 있는 꺼림칙한 존재.

등에는 검은 마기로 이루어진 날개가 솟아나 있었고, 나른하고 무표정한 얼굴은 인간과 다르게 창백했다.

또한, 그는 날렵한 디자인의 검은 갑주를 입고 있었으며, 그 위로 불길하기 짝이 없는 검은 마기가 흘러나오고 있었다.

[4성 카오스 보스.

중급 마족, 파이런.]

다른 차원에서 트리플 킹덤 세계를 침략하기 위해 온 존재였다.

"쓸어라."

파이런의 손짓에 다양한 카오스 몬스터들이 진군하기 시작했다.

　　　　　*　　　　　　　*　　　　　　　*

어마어마한 수의 카오스 몬스터들이 평원을 가로지르며 다가
왔다.

거의 대부분은 하운드들이었지만, 조금 전과 비교도 되지 않
을 정도로 많았고 중대형 몬스터들도 더러 있었다.

"……."

카오스 몬스터들의 압도적인 위용에 딜런은 침을 삼키며 뒤를
돌아봤다.

다들 겁에 질린 표정으로 그저 멍하니 카오스 몬스터들을 바
라보고 있었다. 사기가 꺾였다는 게 확연히 느껴졌다.

'그, 그래도 아리아 님이라면……'

아리아는 현재 노팅힐 영지에서 가장 강한 무력을 가진 인물
이었다.

그녀라면 시간을 벌어 줄 수 있지 않을까?

딜런은 외벽 위에 있는 아리아를 바라봤다.

"쿨럭."

털썩.

"……."

딜런은 할 말을 잃었다.

아리아가 피를 토하며 무릎을 꿇는 모습을 보았기 때문이다.

'젠장.'

딜런은 이를 악물며 카오스 몬스터들을 바라봤다.

이미 아리아를 비롯한 영지군 병사들은 한계 상황.

눈앞에서 몰려오는 카오스 몬스터들과 싸울 기력이 부족했다.

그뿐만이 아니다.

키이이잉!

카오스 몬스터들 사이에서 붉은 빛을 내는 개체가 있었다.

[3성 카오스 보스 크러쉬 스파이더.]

몸길이만 8미터에 달하는 중대형 몬스터이며, 거미처럼 생겼다.

그리고 등에는 마력을 모으는 생체 기관을 가지고 있으며, 지금 그곳에서 붉은 빛이 터져나고 있었다.

즉, 크러쉬 스파이더는 주변 마나를 끌어모으고 있는 중이었다.

쩌억.

이윽고 크러쉬 스파이더는 턱을 좌우로 벌렸다.

파츠츠츳!

그러자 크러쉬 스파이더 앞에서 검붉은 마나 구체가 생성되는 게 아닌가?

"아, 안 돼!"

그 모습을 본 아리아가 입가에 흐른 피를 닦으며 자리에서 일어났다.

크러쉬 스파이더의 목표는 명확했다.

바로 외벽에 구멍을 뚫는 것.

지금 저 공격을 막지 못하면 단번에 뚫리고 말 거라는 사실을 본능적으로 알 수 있었다. 아리아는 이를 악물며 스톰브링거의 활시위를 당겼다.

하지만 마나가 모여들지 않았다.

이미 바닥난 상태였으니까.

투황!

잠시 후 크러쉬 스파이더가 직경 2미터에 달하는 구체를 쏘아 냈다.

쌔애액!

날카로운 파공성과 함께 검붉은 마나 구체가 포물선을 그리 며 딜런과 아리아가 있는 곳을 향해 날아들기 시작했다.

'아……'

그 모습을 지휘부 안에 있던 다리안 영주와 해리 또한 멍한 표정으로 바라봤다.

장거리에서 천천히 날아드는 검붉은 마나 구체.

저것이 벽에 도달하는 순간 모든 것이 끝난다.

비록 크기는 2미터지만, 폭발하는 순간 반경 수십 미터를 가 루로 만들어 버릴 테니까.

폭발 반경 안에 존재하는 지휘부 또한 무사하지 못할 테고, 무엇보다 벽이 뚫려 버릴 터.

"아, 안 돼. 우리가 아니면 영지민들이……."

다리안 영주는 뒤를 돌아봤다.

지휘부 뒷벽에 창문처럼 나 있는 구멍 너머로 성채 도시 건물 들이 보였다.

저곳에 수천 명이 넘는 영지민들이 살고 있었다.

그런데 만약 자신들이 뚫려 버린다면 대체 누가 저들을 지켜 준단 말인가.

다리안 영주는 절망감이 깃든 표정으로 털썩 주저앉았다.

그건 영지군 병사들도 마찬가지.

그들 또한 가슴속에 절망감이 피어오르고 있었다.

자신들의 사랑하는 가족들을 지킬 수 없다는 생각이 들었으니까.

그저 눈앞에서 다가오고 있는 붉은 흉성을 바라보며 죽음만을 기다리고 있을 뿐이었다.

꿈도 희망도 없는 상황.

이제 끝이라는 절망감이 가득했다.

그들의 뒤에서 나직한 목소리가 울려 퍼지기 전까지는.

"잘 버텼구나."

"……!"

갑작스럽게 들려온 목소리에 딜런을 비롯한 영지군 병사들은 놀란 표정으로 일제히 뒤를 돌아봤다.

누군가가 등 뒤에서 말을 걸어온 것 같았으니까.

하지만 등 뒤에는 아무도 없었다.

다만 자신들의 곁을 스치는 바람을 느낄 수 있을 뿐.

"이제 뒤는 맡기십시오."

그때 아리아 곁에서 또 한 번 목소리가 들려왔다. 그 소리에 아리아는 안심한 표정을 지었다.

목소리의 주인이 누구인지 알아차렸으니까.

그리고 바람처럼 앞으로 나아가는 사내의 등을 향해 한마디 했다.

"잘 돌아오셨어요."

그렇게 아리아의 목소리를 뒤로한 나이젤은 눈앞을 바라봤다.

직경 2미터에 달하는 거대한 검붉은 마나 구체가 눈앞에 있었다.

이미 만전의 준비를 마치고 나온 나이젤은 건틀렛을 꽉 움켜쥐었다.

그러자 시야에 시스템 메시지가 떠올랐다.

[임팩트 출력 50% 한정 승인.]

우우우우웅!

나이젤의 건틀렛에서 출력 50%의 충격파가 진동하며 흘러나왔다.

장거리에서 날아든 마나 구체는 어느새 나이젤의 바로 눈앞까지 다가와 있었다.

나이젤은 눈앞에 있는 마나 구체를 향해 정권을 내질렀다.

콰아아앙!

칠흑의 건틀렛과 마나 구체가 충돌하자 어마어마한 굉음과 함께 충격파가 사방으로 터져 나왔다.

하지만 그것도 잠시.

투쾅!

나이젤의 건틀렛에 후려쳐진 검붉은 마나 구체가 굉음을 내며 튕겨져 날아갔다. 크러쉬 스파이더가 내쏜 마나 구체를 나이젤이 받아친 것이다.

슈와아아아악!

외벽을 향해 날아들던 속도보다 훨씬 빠르게 마나구는 크러쉬 스파이더가 있는 장소를 향해 되돌아갔다.

콰콰콰콰쾅!

잠시 후, 어마어마한 굉음과 함께 검붉은 마나 구체는 크러쉬 스파이더와 주변에 있던 다른 카오스 몬스터들을 집어삼키면서 폭발했다.

"와아아아아아!"

그 모습을 본 영지군 병사들은 우렁찬 환호성을 내질렀다.

불과 조금 전까지만 해도 영지군은 벽을 지킬 수 없다는 생각에 절망하며 죽음을 각오했다.

그런데 벽을 지켜 낸 것도 모자라, 카오스 몬스터들에게 상당한 피해를 입힌 것이다.

그리고 무엇보다 나이젤이 나타났다는 사실에 가슴이 벅차올랐다.

[노팅힐 영지군의 충성도가 대폭 올랐습니다. 당신의 통솔력이 5 포인트 상승합니다.]

검붉은 마나 구체를 튕겨 내고 벽 위로 다시 돌아오는 나이젤의 눈앞에 시스템 메시지가 떠올랐다.

메시지를 확인한 나이젤의 눈에 벽 위에서 자신을 바라보고 있는 영지군 병사들이 보였다.

"전군! 벽을 사수하라!"

"와아아아아아!"

나이젤의 외침에 병사들은 함성을 내질렀다. 그리고 나이젤의 시야에 영지군의 사기와 통솔력이 올랐다는 메시지가 떠올랐다.

시스템 메시지를 뒤로한 나이젤은 외벽 위에서 아래를 내려다 봤다.

동쪽 평원에서 주둔 중이던 본대가 움직인 탓에 어마어마한 수의 카오스 몬스터가 벽 밑으로 몰려오고 있었다.

하지만 지금 나이젤에게 숫자는 문제가 아니었다.

'이것들은 또 뭐야?'

나이젤은 눈살을 찌푸렸다.

지금 눈앞에 있는 녀석들은 첫 번째 에피소드에서 등장하는 몬스터들이 아니었으니까.

게임에서 본 적이 없는 놈들이었다.

튜토리얼에 나온 근육 고블린처럼 카오스 몬스터로 분류되어 있었지만, 처음 보는 종류였다.

'이것도 PK3 버전에서 나오는 놈들인가?'

기괴하기 짝이 없는 카오스 몬스터들을 바라보며 나이젤은 혀를 찼다.

이 또한 에픽 미션 불가능(신화) 난이도 때문일 수도 있다는 생각이 들었기 때문이다.

'일단 정리부터 해야겠군.'

건틀렛을 움켜쥔 나이젤은 벽 위에서 뛰어내렸다.

그 직후.

콰콰콰콰콰쾅!

벽 아래에서 어마어마한 굉음을 동반한 충격파가 카오스 몬스터들을 휩쓸기 시작했다.

외벽 위에서 중력 코트를 휘날리며 뛰어내린 나이젤은 지면을 향해 건틀렛을 꽂아 넣었다.

콰콰콰콰쾅!

어마어마한 굉음과 함께 충격파가 전방을 향해 방사형으로 뻗어나갔다.

지면이 갈라지고 충격파가 수많은 카오스 몬스터들을 덮쳤다.

키에엑!

크허어어엉!

충격파에 휩쓸린 하운드들이 십 미터 이상 뒤로 튕겨져 날았다.

"후."

한쪽 무릎을 꿇고 오른손으로 지면을 내려치며 착지한 나이젤은 자리에서 일어났다.

나이젤을 중심으로 수 미터에 달하는 크레이터가 생겨나 있었으며, 반경 수십 미터 내를 가득 메우고 있던 하운드들이 튕겨져 날아가고 없었다.

비록 상대가 트리플 킹덤 세계에서 본 적이 없는 신종 카오스 몬스터들이고, 여전히 수백 마리에 달할 정도로 굉장히 많았지만, 대부분 1성에서 2성 등급이었다.

수가 많긴 하지만 상대하지 못할 정도는 아니었다.

콰콰콰쾅!

그때 수십 미터 떨어진 장소에서 폭발이 일어났다.

"저쪽도 시작했군."

나이젤은 입꼬리를 말아 올렸다.

이곳에는 자신만 오지 않았다.

크림슨 미드나이트 용병단원들과 카테리나도 함께 온 것이다.

그들이라면 1~2성 카오스 몬스터들 따위 쉽게 썰어 버릴 수 있을 터.

나이젤은 전방을 주시했다.

크아아아앙!

흉폭하게 일그러진 얼굴로 하운드들이 이를 드러내며 달려오고 있었다.

불과 조금 전 수십 마리가 넘는 하운드들을 몰살시키는 장면을 봤을 텐데도 카오스 몬스터들은 주눅 든 기색이 없었다.

아무래도 겁 대가리를 상실한 모양.

스르릉.

나이젤은 허리에 차고 있던 장검을 뽑아들었다.

울라프에게 부탁해서 만든 명검, 아다만트.

아다만타이트를 강철과 합성해서 만든 검이었다. 덕분에 내구도가 높은 장검을 만들 수 있었다.

"그럼 좀 놀아 볼까?"

무영신법(無影迅法).

보법(步法), 전광석화(電光石火)!

무영신법의 세 번째 보법.

질풍신보보다 훨씬 더 빨리 질주할 수 있다.

팟! 파밧!

마치 짧은 거리를 순간 이동하는 것처럼 나이젤의 모습이 사라졌다가 나타나기를 반복했다.

그 상태로 나이젤은 하운드 무리들 속으로 뛰어들었다.

서걱! 스카갓!

나이젤이 하운드의 곁에 나타날 때마다 검광이 번쩍였다.

키에엑!

그럴 때마다 하운드의 머리나 팔다리가 허공을 날았다. 고속 이동을 하면서 아다만트로 베고 지나갔으니까.

텐타클 하운드들을 스쳐 지나갈 때는 촉수가 갈려 나갔고, 포이즌 하운드들을 스쳐 지나갈 때는 폭발이 일어났다.

포이즌 하운드들이 죽을 때마다 맹독 폭발이 발동되었기 때문이다.

눈 깜짝할 사이, 나이젤을 향해 달려들던 서른 마리가 넘던 하운드들이 몰살당했다.

"우와아아아아아!"

외벽 아래에서 달랑 칼 한 자루를 들고 수십 마리가 넘는 하운드들을 썰어 버리는 나이젤의 모습에 영지군 병사들은 함성을 내질렀다.

수많은 하운드들의 숫자 앞에 영지군 병사들은 절망하고 있었다.

그런데 이제 몇 십, 몇 백 마리가 온다고 해도 막을 수 있다는 희망이 생긴 것이다.

키르륵?

거의 백 마리에 가깝게 죽어나가자 그제야 하운드들은 두려움이 깃든 눈으로 나이젤을 보기 시작했다.

개중에는 슬금슬금 뒷걸음치는 놈도 있었다.

"쳐들어올 때는 마음대로지만, 돌아갈 때는 아니란다."

나이젤은 자세를 낮추며 아다만트의 손잡이를 꽉 움켜쥐었다.

[라스트 어빌리티, 익스터미네이션 임팩트 75% 한정 가동 승인.]

지난 한 달간, 카테리나와 함께 라그나를 상대하며 나이젤은 땅바닥을 구르며 수행했다.

약육강식의 세계에서 살아남으려면 일단 강해져야 하니까.

그 결과 강해졌다.

현재 무력은 80.

대부분의 스킬 등급도 C가 되었으며, 스킬 상점 등급도 마찬 가지였다.

또한, 고유 능력 임팩트의 출력도 75%까지 끌어올릴 수 있게 되었으며, 라스트 어빌리티 또한 각성시켰다.

우우웅!

아다만트의 검신이 떨리며 진동음이 흘러나왔다.

그뿐만이 아니라 검날 표면에서 가느다란 금빛 오러가 빛나고 있었다.

이 세계에서 무력 80은 소드 익스퍼트의 경지다.

즉, 검기를 다룰 수 있게 된 것이다.

무상검법(無上劍法).

삼식(三式), 공간베기(空間斬)!

황금빛으로 둘러싸인 아다만트가 좌에서 우로 공간을 갈랐다.

그러자 어마어마한 충격파가 날카로운 황금빛 칼날이 되어 공간을 가르며 전방으로 쏘아졌다.

슈아아아앗!

거대한 황금빛 충격파 칼날이 전방에 있던 하운드들을 분쇄하며 나아갔다.

키엑! 키에에엑!

비명 같은 괴성을 하운드들은 피하려고 용을 써 봤지만 헛수고였다.

라스트 어빌리티 익스터미네이션 임팩트는 문자 그대로 모든 걸 말살하는 최후의 어빌리티였으니까.

거기다 본래는 전 방위로 충격파를 발산하지만 지금은 칼날처럼 날카롭게 압축해서 내쏘았다.

칼날처럼 날카로운 충격파 앞에서 하운드들은 속수무책으로 갈려 나갔다.

"흠."

공간참을 사용한 나이젤은 잠시 숨을 골랐다.

현재 뽑아 낼 수 있는 최대 출력인 75%를 사용하자 몸에 조금 무리가 온 것이다.

예전처럼 쓰러질 정도는 아니었지만, 상당한 마력과 체력이 소모되었다는 느낌이 명확히 들었다.

'역시 자주 쓰면 안 되겠네.'

그래도 덕분에 나이젤 주변에 있던 하운드들은 떼죽음을 당했다.

이제 함부로 덤벼들지 못할 터.

'검법도 이제 체계가 잡힌 것 같고.'

무영검법의 등급이 오르면서 무상검법으로 진화했다.

그 덕분에 최대 한계 출력으로 익스터미네이션 임팩트를 초식에 응용시킬 수 있었던 것이다.

'조금만 더 시간이 있었더라면 더 좋았을 텐데……'

성채 도시 주변의 몬스터들을 토벌하면서 수행 중이던 나이젤의 눈앞에 시스템 메시지가 떠올랐었다.

[경고! 경고! 돌발 상황 발생! 성채 도시 동쪽 상공에서 차원의 균열이 감지되었습니다!]

[예정보다 빠르게 첫 번째 웨이브가 시작됩니다.]

갑작스러운 돌발 상황.

그 때문에 대략 2~3일 뒤쯤에 돌아올 예정이었는데 급하게 지금 돌아온 것이다.

'그래도 늦지 않아서 다행이야.'

나이젤은 한시름 놓은 표정을 지었다. 크림슨 미드나이트 용병 단원들도 함께 온 상황이었기에 빠르게 카오스 몬스터들을 제압할 수 있을 터였다.

적어도 지금은 그렇게 생각했다.

"인간치고는 제법이군."

머리 위에서 차가운 목소리가 들려오기 전까지는.

"누구냐!"

나이젤은 재빨리 고개를 들었다.

나른한 표정으로 이쪽을 내려다보고 있는 존재.

검은 마력의 날개와 창백한 안색, 그리고 머리에 솟아나 있는 악마 같은 검은 뿔이 인간이 아니라는 사실을 알려 주고 있었다.

[4성 카오스 보스. 중급 마족 파이런.]

'뭐지, 이놈은?'

그를 본 나이젤은 놀란 표정을 지었다. 게임을 하면서 한 번도 본 적이 없는 존재였으니까.

'마족이라고? PK 3버전에서 새롭게 추가된 신종족인가?'

트리플 킹덤의 배경은 판타지 세상이었기에 다양한 이종족들이 존재한다.

하지만 그중에 마족은 없었다.

나이젤은 눈앞에 있는 존재의 상태창을 확인했다.

[중급 마족, 파이런.]
[등급] 4성 카오스 보스.
[타입] 밸런스.
[능력치]
법력: 84, 통솔: 84.
지력: 84, 마력: 84.
[특기] 마력 제어(A), 흑마법(A), 냉철(A), 마나 회복(A), 뒤틀린 매너(A).

'허.'

처음 보는 존재였지만 다행히 시스템이 통했다.

그리고 간략화한 정보를 확인한 나이젤은 속으로 혀를 내둘렀다.

모든 능력치가 84인 데다가 무려 A급 특기가 다섯 개나 존재했으니까.

그 말은 눈앞에 있는 존재가 만만치 않은 힘을 가지고 있다는 사실을 의미했다.

거기다 법력과 특기로 보아 흑마법사 계열인 모양이었다.

'그런데 뒤틀린 매너는 뭐지?'

다른 특기는 알 수 있었지만 뒤틀린 매너라는 건 무엇인지 감도 잡히지 않았다.

"나는 중급 마족 파이런. 너희 세계를 정복하기 위해 왔다."

"뭐라고?"

이 세계를 정복하러 위해 왔다니.

나이젤은 머릿속이 복잡해졌다.

과연 눈앞에 있는 존재는 PK3 버전에서 등장하는 새로운 종족인 것일까?

아니면 다른 세계에서 온 존재인 것일까?

"얌전히 항복한다면 최대한 고통스럽게 죽여 주마."

검은 공막 위로 금색 눈동자가 싸늘하게 빛났다. 부드러운 말투였으나 내용은 냉혹했다.

그제야 나이젤은 뒤틀린 매너가 무엇인지 알 수 있었다.

겉으로 온순한 척하는 속이 시커먼 놈이라고 말이다.

"이거 완전 미친놈 아냐?"

"칭찬 고맙군. 네놈은 내가 특별히 찢어 죽여 주도록 하지."

흥미가 없는 얼굴로 나른한 표정을 짓고 있던 파이런은 즐거운 미소로 나이젤을 내려다봤다.

설마 자신을 보고도 막말을 하는 버러지가 있을 줄이야!

"인사 대신이다."

파이런은 팔을 좌우로 펼치며 마력을 끌어올렸다.

츠츠츠츳!

전신에서 흘러나오는 흑마력이 하나로 뭉치며 거대한 창을 형성했다.

파이런의 크고 긴 단단한 검은 마창,

다크니스 스피어.

암흑 공격 마법 중 하나로 파이런이 즐겨 쓰는 기술이었다.

"내 것을 네놈에게 박아 주마."

투확!

길이만 3미터에 달하는 다크니스 스피어가 나이젤을 향해 떨어져 내리기 시작했다.

슈아아악!

두께만 30센티가 되는 다크니스 스피어가 상공에서 비스듬하게 내리꽂히며 쇄도해 왔다.

그것을 올려다보며 나이젤은 아다만트를 치켜들었다.

무상검법(無上劍法).

이식(二式), 섬광베기(殲光斬)!

번쩍!

치켜든 아다만트에서 눈부신 황금빛 오러가 터져 나왔다.

그 직후 다크니스 스피어가 나이젤을 덮쳤다.

까아아앙!

다크니스 스피어와 아다만트가 맞부딪치면서 둔탁한 쇳소리가 울려 퍼지며 힘겨루기 상태로 들어갔다.

하지만 그것도 잠시.

콰직!

아다만트와 맞부딪친 다크니스 스피어의 창끝에서 금이 가기 시작했다.

슈아아아아악!

그리고 아다만트의 황금빛 칼날이 다크니스 스피어를 조각내 버렸다.

"별거 아니네."

두 조각난 검은 마창이 재처럼 흩어지는 모습을 본 나이젤은 아다만트를 어깨에 걸쳤다. 그리고 파이런을 올려다보며 피식 웃었다.

"크기도 별로고, 이렇게 흐물흐물해서야 누굴 만족시키려고?"

명백한 도발.

하지만 파이런도 만만치 않았다.

"방금 건 기본 크기였을 뿐이다. 이번에는 더 큰 녀석으로 박아주마."

"크다고 좋은 건 아닌데."

"그럼 이건 어떠냐?"

딱! 스스스스슷.

파이런이 손가락을 튕기자 흑마력으로 이루어진 수많은 비수들이 생성되기 시작했다.

파이런을 중심으로 수도 없이 생겨나고 있는 비수들은 꽤 장관이었다.

사우전드 다크 레인.

파이런의 전매특허라고 할 수 있는 기술로 다수나 1인을 상대할 때 효과를 발휘하는 기술이었다.

파바바밧!

이윽고 검은 비수들이 검은 마창과 마찬가지로 비스듬하게 나이젤을 향해 쏟아져 내렸다.

한 지점을 향해 집중적으로 쏟아지는 검은 비수들.

동쪽 외벽 위에서 그 모습을 바라본 모든 사람들은 놀람과 걱정스러운 표정을 지었다.

아무리 나이젤이라고 해도 저 공격만큼은 위험해 보였기 때문이다.

하지만······.

[용의 날개를 개방합니다.]

펄럭!

나이젤의 등에서 그림자로 이루어진 어둠의 날개가 활짝 펼쳐졌다.

본래라면 용의 날개가 펼쳐져야 했지만, 까망이가 그림자로 감싸 준 덕분이었다.

'땡큐, 까망아.'

뀨!

나이젤의 그림자 속에서 까망이는 귀여운 소리를 냈다.

날개를 꺼내 든 나이젤은 스킬을 발동했다.

[용익 스킬 가속(A)과 비행(A)을 발동합니다.]

[중력 코트 옵션 스킬 중력 제어(C)을 발동합니다.]

용익 스킬과 중력 코트의 옵션 능력을 발동한 나이젤은 지면을 박찼다.

쾅!

지면에 살짝 크레이터를 생기며 나이젤의 몸이 공중으로 솟구쳐 올랐다.

콰가가가각!

그 직후 나이젤이 있던 자리에 무수히 많은 검은 비수들이 박혔다.

하지만 검은 비수들을 뒤로하며 공중으로 뛰어오른 나이젤은 그대로 파이런을 향해 날아들었다.

콰아앙!

잠시 후 나이젤과 파이런은 동쪽 외벽 상공에서 서로 맞부딪쳤다.

Chapter

5

공중을 도약한 후, 그대로 파이런을 향해 날아든 나이젤은 그대로 아다만트를 내질렀다.

까앙!

하지만 파이런의 손짓에 간단히 막혔다. 3클래스 흑마법, 다크배리어가 발동한 것이다.

"뭐지? 하등 생물이 아닌가?"

비록 간단히 공격을 막아 냈지만 파이런은 금빛 눈동자를 의아하게 빛내며 나이젤을 바라봤다.

기본적으로 마족들은 인족들을 인정하지 않고 벌레 취급을 한다.

마족과 비교하면 약하기 짝이 없는 존재들이었으니까.

특히 파이런은 법력이 84인 중급 마족으로 5클래스 마스터인 흑마법사였다. 5클래스 마스터면 상당히 강한 마법사라고 할 수 있으며, 검사로 치면 소드 익스퍼트 중급에 가깝다.

그리고 보통 마법사는 강력한 마법력을 가지는 대신 신체 능력이 떨어지지만, 마족은 그렇지 않았다.

강력한 흑마법과 검사들에게 밀리지 않는 뛰어난 신체 능력을 바탕으로 대부분의 마족들은 흑마검사들이었다.

그렇기에 다른 종족들을 하등 생물이라며 깔보는 경향이 있었다.

그런데.

"넌 대체 뭐지? 드래곤과 인연이 있는 자인가?"

파이런은 의아한 표정을 지었다.

나이젤에게서 느껴지는 기세가 벌레 같은 인족과 달랐기 때문이다.

제법 강렬한 용의 기운이 느껴졌다.

"그걸 알아서 뭐 하게?"

파이런의 말에 나이젤은 속으로 뜨끔했지만 이내 여유로운 미소를 지어 보였다.

아무래도 용마지체가 된 자신의 기운을 느낀 모양.

파이런은 검은 피막 같은 날개를 펄럭이며 나이젤을 유심히 바라보다가 다시 입을 열었다.

"용의 기운이 느껴지는 하등 생물이라니 재미있군."

나이젤이 용인족이라고 생각한 파이런은 입가에 비웃음을 띠었다.

순수한 용족인 드래곤이라면 모를까, 드래곤과 인간의 하프인 용인족, 드래고니안 따위가 자신을 상대할 수 없을 테니까.

"다른 하등 생물보다는 손맛이 좋겠어."

입가에 비웃음을 띠며 파이런은 나이젤을 향해 양손을 펼쳤다.

츠파팟!

그러자 그의 양손에 흑마력이 몰려들면서 2미터 길이의 장창과 50센티 길이의 단창이 모습을 드러냈다.

"가겠다."

뒤틀린 매너 덕분인지 파이런은 친절하게 공격하겠다는 사실을 알려 주며 나이젤을 향해 쇄도하기 시작했다.

오른손에는 장창을, 왼손에는 단창을 들고.

쌔애액! 파앙!

순식간에 음속에 도달한 파이런이 소닉붐을 남기며 나이젤을 향해 날아들었다.

파앙!

그 모습을 본 나이젤은 지체 없이 용의 날개를 활짝 펼치며 다시 한번 공중을 도약했다.

"도망칠 셈이냐!"

뒤늦게 파이런이 도발을 해왔지만 나이젤은 개의치 않았다.

음속에 도달한 파이런을 공중에서 상대하려면 똑같은 속도가 될 필요가 있었으니까.

슈와아아악!

등 뒤에서 급기동을 하며 파이런이 쫓아오는 소리가 들려왔다.

그와 동시에 파이런의 장창이 날카롭게 찔러 들어왔다.

깡! 쉭!

검은 장창을 아다만트로 쳐내자 이어서 가깝게 다가온 파이런이 단창이 휘둘렀다.

이번에는 건틀렛으로 단창을 막아 냈다. 현재 착용 중인 건틀렛 또한 울라프가 아다만타이트로 제작한 명품이었다.

파이런의 쌍창을 막기에 부족함이 없었다. 그리고 몇 번 짧게 공방전을 주고받은 나이젤과 파이런은 본격적으로 맞붙기 시작했다.

까가가가강!

그들은 서로 마주 보며 나선으로 회전하면서 창과 검을 주고받았다.

파이런은 노련했다.

리치가 긴 장창은 공격 직후 빈틈이 생기기 쉬웠다.

하지만 그 틈을 단창으로 막았다.

덕분에 검은 장창과 단창이 쉴 새 없이 나이젤을 공격해 들어왔다.

하지만 나이젤 또한 아다만트를 쉬지 않고 움직이며 막아 냈으며 때때로 역습을 가하기도 했다.

무상검법으로 등급이 오르면서 검술에 대한 이해도가 높아진 덕분이었다.

"다크 레이."

순간 파이런이 나이젤을 향해 장창을 내뻗었다.

즈즈즈즁!

그러자 검은 장창 끝에서 검은 구체가 생성되는 게 아닌가?

푸슈우웅!

순식간에 검은 구체에서 마력포가 쏟아졌다.

일순간 푸른 하늘을 어둡게 물들이며 쏟아지는 칠흑의 빛.

급작스럽게 쏟아진 직경 2미터의 칠흑의 빛이 나이젤을 집어삼켰다.

"해치웠나?"

파이런은 전방을 바라봤다.

일직선으로 뻗어 나가는 칠흑의 빛 속에서 변화는 없었다.

하긴 그럴 만도 했다.

나이젤에게 인사 대신에 날린 다크니스 스피어는 3클래스였고, 본격적으로 시전한 사우전드 다크 레인도 4클래스에 지나지 않았다.

그에 반해 조금 전 다크 레이는 고밀도로 집속된 흑마력을 광선처럼 쏘는 5클래스 공격 마법이었다.

다크 레이를 정면으로 맞고 무사하진 못할 터.

"생각보다 약하군."

파이런은 다시 나른한 표정을 지었다. 그래도 자신과 대등하게 공중전을 벌였기에 나름 기대를 했다.

그런데 설마 기습적으로 쏜 다크 레이를 버티지 못하고 끝날 줄이야.

'36번 차원계 정복은 어렵지 않겠어.'

이 세계를 정복하는 데는 그다지 오랜 시간이 걸릴 것 같지가 않았다.

흥미를 잃은 표정으로 파이런은 다크 레이를 거뒀다.

"나머지 놈들은 굳이 내가 나서지 않아도 되겠……."

순간 몸을 돌리던 파이런은 눈을 부릅떴다.

번쩍! 슈와아아악!

자신을 향해 보이지 않는 칼날이 날아오고 있는 기척을 느꼈기 때문이다.

"나이트 실드!"

파이런은 다급하게 4클래스 방어 마법을 전개했다.

파이런 앞에서 생성되기 시작하는 검은 오각 방패.

파캉!

그 직후 보이지 않는 충격파의 칼날이 방패를 강타했다.

그리고 이내 나이트 실드는 부서지면서 사라졌다.

"살아 있었던가?"

파이런은 놀란 표정을 지었다.

자신의 눈앞에 멀쩡한 모습의 나이젤이 그림자 날개를 펄럭이며 서 있었으니까.

'빌어먹을 놈.'

나이젤은 눈살을 찌푸리며 파이런을 노려봤다.

조금 전 일격은 진짜 위험했다.

딜레이가 거의 없다시피 들어온 공격이라 미처 피할 수 없었다.

뀨우우…….

'잘했어, 까망아. 나중에 울라프가 만든 무구들 먹여 줄게.'

그림자 날개 속에서 힘없이 우는 까망이에게 나이젤은 감사의 마음을 전했다. 까망이 덕분에 다크 레이를 막아 낼 수 있었으니까.

다크 레이가 나이젤을 직격하기 직전, 까망이는 새롭게 습득한 방어 스킬을 발동했다.

단단해지기의 상위 호환 스킬인 섀도우 아머였다.

까망이 또한 나이젤과 함께 몬스터들을 토벌하면서 2성까지 등급 성장을 이뤄 낸 덕분이었다.

그렇게 2성이 되자 새롭게 습득한 방어 스킬 섀도우 아머를 발동한 까망이는 나이젤에게 시간을 벌어 주었다.

그 결과 나이젤은 까망이의 방어 스킬과 무상검법 삼식으로 다크 레이를 가르며 버텨 낸 것이다.

팡!

순간 나이젤은 아무것도 없는 허공을 박찼다.

무영신법(無影迅法).

보법(步法), 질풍신보(疾風迅步)!

무영신법의 두 번째 질풍신보는 스쳐 흐르는 바람처럼 빠른 이동이 가능하다.

그 이유는 순간적으로 공기를 압축한 발판을 만들어 터뜨리면서 가속할 수 있기 때문이다.

그 이동법은 공중에서도 가능했다.

용익의 가속과 질풍신보 덕분에 나이젤은 빠른 속도로 파이런을 향해 직선을 그리며 날아들었다.

음속에 도달한 파이런을 피하기 위해 공중 도약을 하며 날아 올랐을 때보다도 훨씬 더 빨랐다.

파아앙!

그리고 나이젤은 음속을 돌파했다.

초음속에 도달하자 아무런 소리가 들려오지 않았다.

오직 평온함이 세상을 감돌 뿐.

전방에 전개한 용의 날개에 임팩트를 걸어서 진동 충격파로 앞의 공기를 막아 주고 있었기 때문이다.

그 상태로 나이젤은 일직선으로 곧장 파이런을 향해 하늘을 가로 질렀다.

초음속 돌진기, 드래곤 버스터(Dragon Burster)!

잠시 후 나이젤은 파이런과 격렬하게 충돌했다.

콰아아아앙!

나이젤과 파이런을 중심으로 어마어마한 충격파가 터져 나오면서 하얀 구름들이 사방으로 밀려났다.

"크아아아악!"

처음으로 파이런은 비명을 지르며 나가떨어졌다. 단지 음속을 돌파해서 냅다 파이런에게 들이박았을 뿐이었지만 그 위력은 상상을 초월했다.

하늘을 찢는 폭음과 함께 공기 폭발이 일어났으니까.

그뿐만이 아니라 지금 나이젤의 눈앞에는 시스템 메시지가 주르륵 떠오르고 있었다.

[축하합니다. 당신은 최초로 스페셜 데스 블로우 스킬 중 하나인 드래곤 버스터(S-)를 습득하셨습니다!]

[명성이 500포인트 상승하고 보상으로 50,000전공 포인트를 지급합니다!]

[무력이 소폭 상승합니다!]

스페셜 데스 블로우 스킬.

트리플 킹덤 게임에서 원래부터 있는 기술로 이른바 필살기다.

다만 입수 방법이 까다롭고, 다양한 조건을 충족해야 습득할 수 있는 히든 각성 스킬이었다.

각 무장들이 가지고 있는 기술들을 갈고닦은 끝에 깨달음을 얻거나 혹은 특정 기술들의 조합을 통해 각성되는 필살기.

나이젤의 경우는 후자였다.

고유 능력 임팩트와 무상신법의 질풍신보, 그리고 용의 날개 스킬들의 조합으로 초음속 돌진기 드래곤 버스터가 탄생했으니 말이다.

보통 마스터 등급의 실력자들이 깨달음을 얻어서 필살기들을 습득하는 경우가 많은데 나이젤은 정말 운이 좋았다고 볼 수 있었다.

하지만 마냥 좋은 것만은 아니었다.

"쿨럭!"

드래곤 버스터로 파이런을 수백 미터 넘게 날려 버린 나이젤은 공중에서 휘청거리며 피를 토했다.

드래곤 버스터는 상대에게 초음속으로 날아가 전신을 부딪치는 양날의 검과도 같은 기술.

리스크가 없을 수 없었다.

거기다 스킬 조합으로 탄생한 필살기들은 대부분 리스크가 큰 편이었다.

그 때문에 온전한 S등급이 아니라 마이너스가 붙은 것이다.

'몸에 힘이 들어가지가 않아.'

몸에 힘이 없고 의식도 흐릿한 느낌.

이런 탈력감을 느껴 본 건 아직 강해지기 전, 임팩트를 남발했을 때 이후 처음이었다.

스스스슥.

결국 용의 날개가 해제되면서 나이젤의 몸이 지면을 향해 곤두박질치기 시작했다.

뀨?

이에 놀란 까망이가 방어 스킬을 발동했지만 지면에서 상당히 높았기 때문에 무사하리란 장담을 할 수 없었다.

어느덧 동쪽 외벽 높이 근처까지 떨어진 상황.

이대로 떨어지면 아무리 까망이가 그림자로 보호하려고 해도 크게 다칠 수밖에 없었다.

그 순간…….

쾅!

외벽 위에서 굉음이 터져 나왔다.

"역시 내가 없으면 안 된다니까."

사자 갈기 같은 화려한 붉은 머리카락을 가진 사내가 웃음을 터뜨리며 어마어마한 높이로 도약하고 있었다.

나이젤은 자신을 향해 빠른 속도로 다가오는 붉은 머리카락의 사내를 바라봤다.

'이 양반이 왜 여기에?'

사내의 정체는 라그나였다.

지금쯤이면 한창 용병단을 이끌고 동쪽 외벽을 향해 진군 중인 카오스 몬스터 본대를 치고 있어야 할 인물.

그런데 어째서 이곳에 있는 것일까?

하지만 나이젤의 생각은 길게 이어지지 못했다. 공중을 뛰어오른 라그나가 나이젤을 품속에 안았기 때문이다.

그것도 공주님 안기로.

"지금 뭐 하는 겁니까?"

"뭐 하긴? 내 제자를 구하고 있는 중이지."

"제자가 된 기억은 없고, 안는 방법이 이상하다고 생각 안 합니까?"

"이게 편해서."

나이젤의 투덜거림에 라그나는 피식 웃었다.

그러는 사이 그들은 지면에 격돌하듯 떨어져 내렸다.

콰앙!

어마어마한 굉음과 함께 흙먼지가 자욱하게 치솟아 올랐다.

그러자 동쪽 외벽 위에서 농성을 벌이던 노팅힐 영지군 병사들은 다들 하나같이 놀란 토끼 눈이 되어 아래를 내려다봤다.

그들의 얼굴에는 걱정이 가득했다.

라그나가 나이젤을 제대로 받아 냈는지 알 수 없었으니까.

잠시 후, 흙먼지가 가라앉으며 나이젤과 라그나가 모습을 드러냈다.

와아아아아!

영지군 병사들은 환호성을 질렀다.

흙먼지가 가라앉으면서 드러난 나이젤과 라그나가 무사해 보였기 때문이다.

"이제 그만 내려 줬으면 하는데."

"왜? 어차피 서지도 못하잖아?"

라그나는 고개를 갸웃거리며 반문했다. 그는 나이젤의 상태를 누구보다도 자세히 알고 있었다.

드래곤 버스터의 후유증으로 몸을 가눌 수 없다는 사실을.

"그래도 그냥 내려 주면 안 될까?"

하지만 나이젤은 간절한 눈빛으로 라그나를 바라봤다.

지금 외벽 위에는 수많은 영지군 병사들이 자신과 라그나를 내려다보고 있었다.

그런데 그들 앞에서 설마 이런 수치 플레이를 당하게 될 줄이야.

"왜? 내가 힘들까 봐 그러냐? 걱정 마라. 하나도 안 무거우니까. 오히려 너무 가벼워서 걱정인데? 밥은 먹고 다니냐?"

"……."

걱정스러운 눈으로 천연덕스럽게 대답하는 라그나의 말에 나이젤은 할 말을 잃었다.

이 세계에서 최강자들 중 한 명인 라그나가 나이젤을 무거워할 리도 없고, 지난 한 달을 함께했으면서 밥은 먹고 다니냐니?

'역시 단순…….'

나이젤은 속으로 고개를 절레절레 흔들었다.

스스스.

순간 등 뒤에서 섬뜩한 한기가 느껴졌다.

"라그나 스승님, 지금 뭐 하고 계시는 거죠?"

싸늘한 여성의 목소리.

라그나의 품 안에서 나이젤은 뒤를 돌아봤다.

그곳에 서릿발 같은 한기를 흘리고 있는 메이드복 차림의 은발 미녀가 있었다.

"리, 리나?"

카테리나였다.

설마 카테리나에게까지 이런 모습을 보이게 될 줄이야.

이럴 거면 차라리 땅바닥에 쓰러져 있는 편이 나을 텐데.

"빨리 왔구나. 할당치는 채웠느냐?"

"네."

라그나의 말에 리나는 마지못한 얼굴로 대답했다.

그녀의 상태는 그다지 좋아 보이지 않았다. 검은색과 흰색이 조화로운 메이드 복에 초록색과 푸른색의 얼룩이 묻어 있었으니까.

전부 카오스 몬스터들의 피였다.

그뿐인가?

숨도 가쁘게 내쉬고 있는 모습이 마치 급하게 일을 처리하고 온 사람 같았다. 라그나가 그녀에게 최소 백 마리 이상의 몬스터들을 처리하라고 도전 과제를 내주었던 것이다.

그런데 라그나의 예상보다 빠르게 카테리나가 돌아왔다.

공중에서 나이젤이 떨어지는 모습을 보았으니까.

그래서 부랴부랴 빠르게 돌아온 그녀가 본 것은 라그나의 품 속에 안겨 있는 나이젤의 모습이었다.

"이런 부럽… 아니, 이제 제가 부축하겠습니다."

카테리나는 라그나와 나이젤을 향해 다가가며 말했다.

"아주 좋은 생각이야."

나이젤은 격렬하게 고개를 끄덕였다.

카테리나가 맨 처음 하려다가 만 말이 신경 쓰였지만, 일단 라그나의 품에서 벗어날 수 있다는 사실이 더 중요한 사항이었다.

"……?"

하지만 얼마 지나지 않아 나이젤은 총 맞은 비둘기 같은 표정으로 카테리나를 바라봤다.

"부축하겠다며?"

"네."

"이건 부축이 아니지 않아?"

"딱히 상관있나요?"

기분이 좋은 모양인지 카테리나는 환한 미소로 답했다.

그에 반해 나이젤의 표정은 어두웠다. 그녀에게 통수를 맞았기 때문이다.

부축을 해 준다던 그녀는 나이젤을 다소곳하게 안아들었다.

물론 라그나처럼 공주님 안기로.

거기다 지난 한 달간 크림슨 미드나이트 용병단을 따라다닌 덕분에 급성장을 한 그녀는 가뿐하게 나이젤을 들어올렸다.

"그냥 내려 주면 안 돼?"

나이젤은 간절한 표정으로 카테리나를 바라봤다.

"안 돼요."

쩌악.

카테리나는 단호했다.

오히려 나이젤이 벗어나지 못하게 팔에 힘까지 주는 게 아닌가?

지난 한 달간 그녀가 은근히 고집이 있다는 사실을 알고 있는 나이젤은 몇 번 더 부탁을 해 보다가 결국 고개를 떨궜다.

*　　　　　*　　　　　*

전투가 끝나고 나이젤은 오래간만에 영주성에 마련된 병실 신세를 졌다.

처음 카오스 고블린 챔피언을 상대로 임팩트를 썼을 때처럼 몸 상태가 좋지 않았다.

하지만 지금은 용마지체가 된 상황.

그때와 비교가 되지 않을 정도로 빠른 회복을 보였으며 저녁이 되었을 때쯤에는 뛰어다닐 수 있을 정도였다.

하지만 하루 정도는 푹 쉬기 위해 병실에 있을 생각이었다.

병실에서 쉬는 동안 다리안 영주와 가리안 백부장을 비롯한 딜런과 트론 등등 많은 사람들이 병문안을 왔다 갔으니까.

그들 때문에 지친 나이젤은 그냥 하루 정도는 병실 신세를 지기로 했다.

"그래도 뭐 나쁘진 않았지."

병문안을 온 사람들에게 수많은 감사인사를 받은 나이젤은 피식 웃음을 흘렸다.

그들과 함께 있는 동안 호감도 상승 메시지가 주르륵 떠올랐다. 나이젤 덕분에 또다시 구원을 받았으니까.

거의 한 달 만에 돌아온 자신을 환대해 주고 반겨 주는 그들이 싫지 않았다.

'늦지 않아서 다행이야.'

오늘 아침 노팅힐 영지에 이변이 생겼다는 사실을 알았다.

[경고! 경고! 돌발 상황 발생! 성채 도시 동쪽 상공에서 차원의 균열이 감지되었습니다!]

[첫 번째 에피소드 몬스터 플러드의 1차 웨이브 시기가 앞당겨집니다. 노팅힐 영지에 웨이브가 도착하기까지 앞으로 3시간 남았습니다.]

전날 밤늦게까지 성채 도시 주변의 몬스터들을 토벌하던 나이젤에게는 마른하늘에 날벼락이 아닐 수 없었다.

본래라면 적어도 3일은 남아 있어야 했으니까.

그런데 3일이, 3시간이 되는 마법을 경험한 나이젤은 서둘러 성채 도시로 향했다.

다행히 늦지 않았다.

외벽이 뚫리기 직전이었지만, 그래도 최악의 상황은 아니었다.

오늘 같은 일에 대비하기 위해 여러 가지 준비를 해 두었으니까.

그 결과 나이젤과 크림슨 미드나이트 용병단이 도착할 때까지 버텨 냈다.

그리고 빠른 상황 파악 후, 라그나를 비롯한 카테리나와 용병단은 카오스 몬스터 본대 쪽으로 보냈고, 자신은 외벽을 뚫으려고 하는 포이즌 하운드 무리들을 상대했다.

다만, 본대 지휘관인 중급 마족 파이런과 만나게 될 줄은 몰랐지만.

'놈은 어떻게 되었을까?'

중급 마족 파이런.

모든 능력치가 84이고 5클래스 마스터의 경지에 다다른 존재.

특히 능력치 수치가 80을 넘어가면 1 차이의 격차가 굉장히 커진다.

당장 마법사의 법력만 봐도 80이 5클래스 비기너이고, 84가 마스터이며, 85가 6클래스 비기너였다.

1의 차이로 경지가 달라지는 것이다.

만약 드래곤 버스터를 각성시키지 못하고 전투가 길어졌으면 고전을 면치 못했을지도 몰랐다.

'라그나 형님에게 맡겼으니 문제없겠지.'

지난 한 달 동안 크림슨 용병단과 함께하면서 나이젤은 라그나와 형, 동생 할 정도로 친해졌다.

물론 지금도 라그나는 나이젤을 자신의 용병단에 넣을 생각으로 가득했지만.

그리고 드래곤 버스터에 적중당해서 동쪽 평원을 향해 튕겨져 날아간 파이런의 생사는 알 수 없었다.

그래서 라그나가 조사를 하겠다고 나가 있는 상황.

'아마 살아 있겠지.'

드래곤 버스터의 위력이 상당하긴 했지만, 나이젤은 보았다.

드래곤 버스터가 적중하기 직전, 파이런을 감싸는 검은 막을.

아마 방어 마법의 한 종류일 터.

거기다 파이런을 쓰러뜨렸다는 시스템 메시지가 뜨지 않았었다.

'파이런에 관한 건 형님한테 맡겨 두면 될 테고.'

나이젤은 시스템 정보창을 눈앞에 띄웠다.

[축하합니다! 당신은 첫 번째 에피소드 몬스터 플러드의 1차 웨이브를 막아 내셨습니다!]

[보상으로 3,000전공 포인트를 지급합니다!]

[에피소드 미션이 갱신되었습니다!]

'짜다.'

드래곤 버스터를 각성했을 때 보상으로 받은 전공 포인트는 무려 5만이었다. 그것과 비교하면 미션 성공 포인트는 굉장히 짜 보였다.

이어서 스킬창을 띄웠다.

[패시브 스킬]

1. 무상심법(C): 숙련도 12%

2. 무상검법(C): 숙련도 11%

3. 무상투법(C): 숙련도 9%

[액티브 스킬]

1. 육체 강화(C): 숙련도 10%

2. 무상신법(C): 숙련도 12%

3. 자신감 증가(C): 숙련도 5%

4. 가혹한 지휘(C): 숙련도 2%

[스페셜 데스 블로우 스킬]

1. 드래곤 버스터(S−): 숙련도 1%

스킬창을 바라보는 나이젤의 얼굴에 뿌듯함과 질린 표정이 떠올랐다.

본래 나이젤의 계획은 라그나와 용병단을 따라다니며 적당히 강해지는 게 목표였다.

쉬엄쉬엄 스킬을 한 등급 올리고, 라그나와 친해지고, 카테리나가 급성장하도록 도와주기만 할 생각이었다.

애초에 용병단원들은 어디 내놔도 꿀리지 않을 강자들이었기에 몬스터들을 상대할 때 자신이 나서는 일은 거의 없을 거라고 생각했다.

'하지만 오판이었지.'

나이젤은 쓴웃음을 지었다.

몬스터 토벌 대부분은 나이젤과 카테리나가 맡았다.

예상과는 반대로 용병단원들이 뒤에서 놀고, 자신들이 몬스터들을 토벌하게 된 것이다.

강해지기 위해서는 실전이 최고라고 하면서.

믿었던 라그나조차 잘해 보라며 손을 흔들어 주었다.

그때 느꼈던 배신감이란.

덕분에 카테리나와 함께 엄청 구르게 되었지만 이뤄 낸 성취 또한 컸다.

당장 눈앞에 보이는 스킬만 봐도 올 C등급이 되었으니까.

그리고 자신감 증가에 이은 가혹한 지휘라는 스킬도 구매했다.

'자신감 증가와 가혹한 지휘가 없었으면……'

나이젤은 고개를 흔들었다.

역시 세계 최강의 용병단이라고 해야 할까.

크림슨 미드나이트 용병단과 함께한 몬스터 토벌은 가혹하기 짝이 없었다.

거기다 자신과 카테리나를 진짜 사정없이 막 굴려 댔다.

어떤 날은 하루 종일 쉬지 않고 몬스터와 싸운 적도 있었다.

그 때문에 카테리나가 많이 힘들어했지만 자신감 증가와 가혹한 지휘 스킬 덕분에 어떻게든 버텨 냈다.

과도한 일정과 몬스터와의 끝없는 싸움 끝에 마음이 꺾이려고 할 때 자신감 증가 버프를 걸어 주었으니까.

다시 할 수 있다는 자신감을 불어넣으며 긍정적인 마음을 가지게 만든 것이다.

그리고 공격 및 이동 속도 증가 버프가 붙어 있는 가혹한 지휘는 몬스터를 잡는 데 실질적인 도움을 주었다.

그렇게 카테리나와 함께 몬스터들을 토벌한 나이젤은 실전 전투 경험을 쌓을 수 있었고, 전공 포인트도 어마어마하게 벌었다.

다만 대부분 스킬 업그레이드에 투자를 했기에 바닥난 상태였다.

또한, 상점을 C급까지 업그레이드도 했기에 제법 소모가 컸다.

'다음 스킬 등급까지 또 노가다를 뛰어야 하려나.'

그뿐만이 아니라 무공 스킬은 높은 등급일수록 가격이 상상을 초월한다.

당장 C급 가격만 해도 27,000WP였으니까.

그에 반해 일반 스킬은 8,000WP였다.

F급 1,000WP를 기준으로 일반 스킬은 2배수로, 무공 스킬은 3배수로 가격이 뛰기 때문이다.

'5만 포인트를 벌어도 모자르네.'

나이젤은 혀를 찼다.

필살기를 최초로 각성하면서 5만 포인트를 받았다.

하지만 그것만으로는 C급 무공 스킬을 하나 올리기에도 벅찼다.

B급 무공스킬 가격이 무려 81,000WP였으니까.

그나마 업그레이드 비용은 현재 등급 가격을 뺀 만큼이었다.

즉, B급 81,000에서 C급 27,000만큼 뺀 가격인 54,000WP라는 소리다.

어마어마한 비용이 아닐 수 없었다.

하지만 그만큼 무공 스킬이 가지고 있는 메리트는 큰 편이었다.

일단 등급이 오를 때마다 새로운 초식을 배울 수 있었다.

그리고 초식은 스킬과도 같은 것.

즉, 등급이 한 단계씩 오를 때마다 새로운 스킬이 생겨난다고 해도 과언이 아니었다.

일반 스킬이었으면 슬롯 하나만 사용 가능했지만, 무공 스킬은 한 슬롯만으로도 최대 7개까지 사용할 수 있었다.

트리플 킹덤 게임에서 스킬 슬롯 숫자는 굉장히 적었다.

진현이 플레이했을 때 개방한 슬롯 숫자는 패시브와 액티브 전체를 합쳐도 12개밖에 되지 않았으니까.

바로 그 때문에 가격이 비싸도 스킬 슬롯을 아낄 수 있는 무공 스킬을 선택했던 것이다.

'이제 슬롯도 늘려야 되겠네.'

앞으로 병사들을 지휘하기 위한 스킬들도 늘려야 했다.

그리고 슬롯 증설은 특정 조건을 충족시키거나, 전공 포인트를 쏟아부어서 늘릴 수 있었다.

'그래도 필살기가 생겨서 정말 다행이야.'

나이젤은 뿌듯한 눈으로 스킬창을 바라봤다. 스킬창에는 스페셜 데스 블로우 스킬 칸이 새로 생겨나 있었다.

리스크가 크다는 단점이 있지만, 일반 스킬이나 무공보다 훨씬 더 강력한 파괴력을 자랑한다.

위급할 때 상황을 역전하기 위해 사용하면 좋은 스킬이었다.

'하지만 실패하면 끝이겠지?'

그래서 필살기라고 부르는 것이다.

벌컥!

순간 갑작스럽게 병실 문이 열렸다.

한창 시스템창을 띄워서 이것저것 확인을 하며 생각에 잠겨 있던 나이젤은 화들짝 놀란 눈으로 병실 문을 바라봤다.

'누구지?'

"몸은 괜찮나?"

병실 문을 열고 들어온 사람은 다름 아닌 라그나였다.

뒤이어 용병단 군사인 아세라드와 돌격 대장인 비요른이 들어
왔다.

"오늘 하루는 그냥 쉬려고. 그보다 상황은 어때?"

나이젤은 편하게 말을 놓았다.

애초에 용병단원들은 딱히 계급이라는 게 없었다.

담당하고 있는 직급은 있었지만 기본적으로 서로 대등한 관
계였다.

그들은 서로 편하게 반말로 대화를 나눴으며, 군사인 아세라
드만 라그나에게 존대를 할 뿐이었다.

지난 한 달간 용병단과 함께 지낸 탓에 나이젤도 그들을 대하
는 데 거리낌이 없어졌다.

그만큼 그들과 동고동락을 함께했고, 용병단원들이 나이젤을
인정했다는 소리였다.

"하운드 놈들이라면 문제없었다. 잔당들은 영지군이 다 처리
했지."

문제는 중형급 카오스 몬스터들이었는데, 그건 크림슨 용병단
원들이 하운드들과 함께 전부 처리했다.

나머지 수십 마리 정도 남은 하운드들은 노팅힐 영지군이 뒷
정리를 한 모양이었다.

"문제는 네가 상대한 마족 쪽이다."

"그놈 없었다. 있었으면 내가 해머로 찍어 줬을 텐데."

라그나의 말에 이어 비요른이 아쉬운 표정으로 입을 열었다.

나이젤은 비요른을 바라봤다.

비요른 올덴부르크.

덩치가 곰처럼 큰 30대 초반의 사내.

전반적인 인상이나 성격도 그렇고 어딘가 둔해 보이는 인물이었다.

말투도 조금 어눌했다.

그리고 용병단에서 돌격 대장 역할을 맡고 있는 곰과 같은 인물로 무기는 도끼날이 달린 해머를 쓴다.

삼국지로 치면 고순인 무장.

고순은 여포의 충성스러운 부하 장수였으며, 그 사실은 트리플 킹덤에도 잘 반영되어 있었다.

다만 그와는 다르게 진궁은 여포와 좋은 사이라고 볼 수 없었다.

조조를 견제하기 위해 여포와 손을 잡은 관계였으니까.

이후에도 보면 그들은 서로 반목하며 사이가 나빠져 간다.

하지만 트리플 킹덤에서는 다르다.

이미 아세라드는 라그나의 인간됨에 반해 용병단에 합류한 상황이었으니까.

아세라드와 비요른은 다른 단원들보다도 라그나에 대한 충성심이 한층 더 높은 인물들이었다.

"설마 찾지 못한 건……?"

"그러게 날려도 좀 적당히 날리지 그랬냐."

라그나는 고개를 흔들며 나이젤에게 핀잔을 주었다.

단원들을 동원해서 탐색 범위를 늘려 봤지만 흔적조차 발견할 수 없었다.

정말 밤하늘의 별이라도 된 건지 아니면 땅으로 꺼진 건지.

'역시 도망친 건가?'

나이젤은 오른손으로 턱을 쓰다듬으며 생각에 잠겼다.

나이젤이 생각에 잠기자 라그나와 아세라드, 비요른은 잠시 잠자코 있었다.

그리고 아무래도 위기감을 느낀 파이런이 튕겨 날아가면서 그대로 튄 모양이었다.

이번에는 다행히 놈을 쫓아낼 수 있었지만 다음에는 과연 어떻게 될지 알 수 없는 상황.

역시 기존 방침대로 영지를 계속 강화시켜 나가야 할 것 같았다.

'그러기 위해선……'

나이젤은 지난 한 달간 용병단원들의 얼굴을 떠올렸다.

그들의 실력은 대단했다.

거기다 이번 1차 웨이브 때, 수많은 하운드들은 둘째 치더라도 공성 병기에 해당하는 중형급 카오스 몬스터들이 다수 섞여 있었다.

만약 크림슨 용병단이 없었더라면 노팅힐 영지군은 고전을 면치 못하고 어마어마한 피해를 입었을 터.

하지만 용병단 덕분에 노팅힐 영지군은 기적 같은 승리를 거머쥐었다.

사망자 제로에 부상자만 약 20여 명 정도밖에 되지 않았으니까.

그뿐만이 아니다.

나이젤은 잠시 에피소드 미션 내용을 떠올렸다.

[첫 번째 에피소드 미션: 2차 웨이브로부터 노팅힐 영지를 지켜라!]

당신은 무사히 노팅힐 영지를 지켜 냈습니다.

하지만 조심하십시오.

예정과 달리 차원을 침식하는 혼돈의 마족들이 이 세계를 노리고 있습니다.

카오스 세계의 마족들로부터, 이 세계와 노팅힐 영지를 지켜 내십시오.

다음 웨이브는 한 달 뒤에 있습니다.

난이도: C+

보상: 3,500전공 포인트.

역시 신화급 불가능 난이도가 아니라고 할까 봐, 게임에서 본 적이 없는 카오스 세계가 등장했다.

튜토리얼에서 카오스 고블린이 등장했을 때부터 눈치챘어야 했는데.

'지랄 같은 난이도.'

아마도 에픽 미션 난이도가 높아지면서 PK3 버전에 새롭게 추가되었을 터.

다만 한 가지 마음에 걸리는 문구가 있었다.

[예정과 달리 차원 침식을 노리는 마족 무리들.]

전체적인 흐름 자체는 트리플 킹덤 게임과 같았지만 세세한 부분에서 게임과 다른 요소가 많았다.

그 이유가 PK3 버전이 되면서 대규모로 업데이트된 파일 때문인지, 아니면 게임과 상관없이 현실에서 일어나고 있는 일인 건지.

앞으로 시작된 군웅할거의 전란 속에서 살아남아야 되는 것도 모자라, 이제는 카오스 세계라는 정체불명의 마족들에게까지 위협을 받게 될 줄이야.

점점 상황이 안 좋은 방향으로 흘러가는 느낌이었다.

바로 그렇기에.

'그들이 필요해.

나이젤은 라그나와 아세라드, 비요른을 바라봤다.

"라그나 형님."

"왜?"

"우리 계약 연장 좀 합시다."

현재 크림슨 미드나이트 용병단과 맺은 계약은 두 달 정도 남은 시점이었다. 다음 달에 있을 웨이브까지 용병단을 고용할 수 있었다.

하지만 그 이후에도 일정 기간을 두고 웨이브는 계속될 것이고, 시간이 지나면 점점 더 간격이 좁혀질 것이다.

영지를 계속 지키기 위해서는 크림슨 미드 나이트 용병단이 필요하다고 나이젤은 판단했다.

"그거라면 나와 말해야지. 그렇지 않아도 계약이나 몬스터 사체들 때문에 이야기할 게 있었으니까."

나이젤의 말에 아세라드가 앞으로 나섰다. 서류나 용병단 계약 같은 행정관련 일들은 그가 맡고 있었다.

라그나를 비롯한 비요른이나 다른 단원들은 머리 아픈 계산 같은 건 질색팔색을 하니까.

그 때문에 아세라드는 돈과 관련된 계약 문제에 관해서는 까다로웠다.

단원들 대부분이 힘으로 날뛰는 걸 좋아하는 기질이 다분했기 때문이다.

하지만.

"미스릴 주괴 1개와 몬스터 사체 처분 비용 중 일부를 넘기는 걸로 1년 더 계약."

선방은 나이젤이 먼저 날렸다.

아직 남아 있는 유니크 메탈 미스릴 주괴와 오늘 잡은 몬스터들의 사체 일부를 팔았다.

미스릴은 전설의 금속 오리하르콘에 비할 바는 못 되지만 희귀한 마법 금속이었다.

방어구에 사용하면 마법이나 속성 저항력이 높아지는 데다가, 무기에 사용하면 마나를 공격력으로 쓸 수 있어서 파괴력을 상승시킬 수 있었다.

그리고 나이젤이 다리안 영주라는 안구에 습기가 차는 엄백호급 군주로 게임을 하면서 돈벌이 수단으로 활용한 게 바로 몬스터 사체들이었다.

몬스터 사체는 돈이 되니까.

'이제 슬슬 상단도 꾸려야지.'

지금까지 나이젤은 최소 1차 몬스터 웨이브를 막는 것을 목표로 달려왔다.

그래서 외벽을 수리하고, 부족한 무장들을 영입하면서 라그나의 용병단을 고용한 것이다.

일단 1차 웨이브를 막은 다음, 상단을 만들어서 돈을 벌고 병기 개발이나, 영지군 규모도 크게 늘릴 계획이었다.

본격적으로 상단 운영을 시작하고 인재들을 영입하며 영지 부흥을 위해 움직일 생각이었던 것이다.

나이젤은 자신의 말을 듣고 생각에 잠겨 있는 아세라드를 바라봤다.

그는 여전히 팔짱을 낀 채 머릿속으로 손익계산 중이었다.

그런 그에게 나이젤은 나지막하게 쐐기를 박았다.

"그리고 앞으로 몬스터 사체들을 팔 상단을 만들어서 맡기고 싶은데."

"상단? 영지 규모의 상단을 말하는 건가?"

아세라드의 눈에서 빛이 났다.

미끼를 문 반응에 나이젤은 슬며시 입 꼬리를 치켜올렸다.

당연한 소리겠지만 트리플 킹덤을 플레이한 진현은 크림슨 용병단원들이 무엇을 원하는지 알고 있었다.

아세라드의 경우는 돈이다.

크림슨 미드나이트 용병단은 운영에 돈이 무지막지하게 든다.

당장 용병단 전원이 마도전투장갑복 헤카톤케일을 소유하고 있었다.

헤카톤케일의 유지 보수비만 해도 상당한 돈이 들어가며, 전투를 한 번 벌인 후에 장비 수리비도 어마어마했다.

그런데 아세라드를 제외한 단원들 전부가 금전 감각이 둔한 인간들뿐이었기 때문에 어쩔 수 없이 그가 수전노가 될 수밖에 없었다.

"그럴 생각이긴 한데… 뭐, 싫으면 어쩔 수 없고."

나이젤은 고개를 옆으로 돌렸다.

턱.

그러자 아세라드는 나이젤의 어깨를 붙잡았다.

"아니, 누가 싫다고 했나? 그냥 규모가 어떤지 물어본 거지."

아직 노팅힐 영지의 상업 수준은 변경인 만큼 중앙 귀족들의 영지와 비교하면 시골 수준에 지나지 않았다.

물론 기존 상단들이 없는 건 아니었지만 소규모 행상인들이 대부분이었다.

나이젤은 그들과 합쳐서 진짜 영지 규모의 상단을 운영할 계획을 세웠다.

그 첫 번째가 바로 몬스터 사체였다.

몬스터의 가죽과 손발톱, 이빨 등은 무구 제작의 가장 기본적인 재료들이었으니까.

하물며 이번 전투에서 학살한 카오스 몬스터들은 부가가치가 제법 있는 편이었다.

하운드들의 가죽과 뿔, 촉수로 다양한 무구들을 만들 수 있을 것이고, 포이즌 하운드들의 부식액은 독으로 쓸 수 있었다.

그 외에 중형 몬스터들의 사체 또한 어마어마한 가치를 지니고 있을 터.

이것들을 처분하는 것만으로도 상당한 돈을 벌 수 있었다.

애초에 트리플 킹덤은 판타지 요소로서 모험가들이 이미 존재하지 않는가?

그들은 몬스터를 잡아서 사체를 팔아 먹고사는 자들이었다.

운이 좋아서 마정석이라도 나오는 날에는 몇 달은 놀고먹을 수 있었다.

마정석은 헤카톤케일의 핵심 부품 중 하나였으니까.

최하급이라고 해도 상당히 비싼 값에 거래가 가능했다.

아마 이번 전투에서도 몇 개 되진 않겠지만 마정석이 나왔을 확률이 높았다. 그렇기에 아세라드가 나이젤을 붙잡으며 눈을 빛내고 있는 것이다.

"확실히 이번에 잡은 몬스터 사체들을 처분하려면 상단 규모가 제법 커야겠지. 최소 300마리 이상에 중형 몬스터들도 다수 있었으니까."

"그래서 상단을 운영하는 데 도움을 준다면 용병단에 자금 지원을 할 생각이야."

이른바 용병단의 스폰서가 되겠다는 소리였다.

왜냐하면,

[상태창]
이름: 아세라드 린드불름

종족: 인간

나이: 28세.

타입: 문관

직위: 군사.

클래스: 블레이드.

고유 능력: 금전(A), 내정(A), 간계(B), 기각(A).

무력(52/55), 통솔(75/78).

지력(89/89), 마력(50/55).

정치(83/83), 매력(68/68).

아세라드는 돈을 버는 데 있어서 천부적인 재능을 가진 인재였으니까.

실제로 게임에서도 백금의 악마로 유명했다.

'크림슨 용병단을 영입할 수 있다면 여러모로 큰 도움이 될 테지.'

크림슨 용병단원들의 무력이라면 영지를 지키는 데 큰 도움이 된다.

또한, 내정 능력이 좋은 아세라드가 행정 일을 도와준다면 지금보다 더 빠르게 영지를 발전시킬 수 있을 터.

하지만 현재 노팅힐 영지 상황에서는 세계 최강 용병단인 크림슨을 영입할 입장이 되지 못했다.

그저 그런 변경의 작은 영지인 데다가 무능하다고 유명한 다리안 영주가 다스리는 곳이었으니까.

거기다 대영주들조차 크림슨 용병단을 영입하지 못했다. 라그나와 아세라드가 거절했기 때문이다.

그저 돈으로 의뢰만 할 수 있을 뿐.

그렇기에 나이젤은 최소 1년 계약을 불렀다. 1년간 함께 지내면서 천천히 라그나와 아세라드를 꼬실 생각이었다.

일단 그 전에 계약 연장부터 성사시켜야 하지만.

그리고 크림슨 용병단과 계약 연장을 하기 위해서는 아세라드를 설득하는 것도 중요하지만 무엇보다 더 큰 고비가 있었다.

용병단장, 라그나 로드브로크.

크림슨 용병단은 라그나를 중심으로 모인 실력자 집단이었으니까.

나이젤은 아세라드를 바라봤다.

라그나를 설득하기 위해서는 용병단의 군사이자 보급관이기도 한 아세라드부터 공략할 필요가 있었다.

잠시 후, 아세라드가 입을 열기 시작했다.

"나쁘진 않아. 하지만⋯⋯."

Chapter

6

"그게 다인 건 아니겠지?"

아세라드는 날카로운 눈으로 나이젤을 바라봤다.

확실히 1년 계약 연장을 하는 대신, 미스릴 주괴 1개와 몬스터 사체 처리 비용으로 자금 지원을 하겠다는 조건은 충분히 메리트가 있는 이야기였다.

하지만 그게 전부가 아니라는 사실을 아세라드는 간파했다.

"나에게 상단 운영을 도와 달라는 말은 다른 사업 아이템도 있다는 말이 아닌가?"

아세라드는 상단 운영에 도움을 주면 자금 지원을 하겠다는 나이젤의 말을 허투루 듣지 않았다.

그리고 그 말에 나이젤은 의미심장한 미소를 지었다.

"물론 있지."

"뭔지 물어봐도 되나?"

아세라드는 눈을 반짝였다.

눈앞에 있는 나이젤에게서 돈 냄새가 솔솔 나는 것 같았으니까.

"물론 안 되지. 계약 연장을 해 주기 전까지는."

"흠. 그냥 말해 주면 안 되나?"

"안 돼."

아쉬운 표정을 짓고 있는 아세라드를 바라보며 나이젤은 작은 미소를 지었다. 아세라드 쪽은 거의 다 넘어와 보였으니까.

그리고 앞으로 시작될 몬스터 플러드는 대륙 전체를 휩쓴다.

그렇기에 이익이 될 만한 사업 아이템들이 몇 가지 있었다.

무기 제조부터 시작해서 용병 사업까지.

시간이 좀 더 흐른 후, 슈테른 제국은 몬스터 플러드의 위협이 크다는 사실을 깨닫게 된다.

몬스터들을 상대하기 위해서 필요한 것은 무엇이 있을까?

바로 무기와 병사다.

몬스터들의 습격에 대비하기 위해 대륙 전체의 영지들은 군비 증강을 시작한다.

그때 나이젤은 딱 몬스터와 싸울 수 있을 정도만큼의 장비들을 만들어서 거래할 계획을 세웠다.

다름 아닌 드워프제 장비들을.

물론 아무나 거래할 생각은 아니었다. 앞으로 군웅할거가 시작되면 적이 되는 영지들도 있을 테니까.

군웅할거가 시작되었을 때, 노팅힐 영지를 도와줄 수 있는 영지들과 동맹을 맺을 생각이었다.

그때 드워프들이 만든 장비들을 미끼로 사용하면 협상을 유리하게 이끌 수 있을 터.

물론 노팅힐 영지에서 사용하는 장비들보다 조금 성능이 떨어지는 물품들로 거래할 생각이었다.

그 외에 전쟁을 하기 위해서는 보급도 중요하다.

그렇기에 장기간 보존할 수 있는 식품들부터 시작해서 여러 다양한 보급품들을 사업 아이템으로 사용할 작정이었다.

'뭐, 애초에 이 모든 걸 먼저 계획한 건 아세라드였지만 말이야.'

트리플 킹덤 게임에서 몬스터 플러드가 본격적으로 시작되자 아세라드는 제국 귀족들이 무엇을 원할지 생각해 냈다.

이른바 사업 아이템들이었으며, 그것들은 전부 대박이 났다.

그 때문이었을까.

몬스터들과 전쟁을 벌이는 귀족들을 상대로 악착같이 돈을 버는 그를 보고 사람들은 백금의 악마라고 부르기 시작했다.

"어쨌든 다른 사업도 구상 중이라는 말이군."

"웅. 거기에 용병단 군사께서 도움을 주신다면 더 좋을 것 같은데. 같이 사업할 생각은 없나?"

"흠."

아세라드는 흥미가 동한 표정이었다.

사업이라.

그렇지 않아도 작은 사업으로 돈을 벌거나 상단 운영을 해 보고 싶다는 생각을 가져 왔다.

어쩌면 지금 이 순간이 기회일 수도 있었다.

하지만 용병단의 최종 결정권을 가지고 있는 인물은 단장인 라그나였다.

나이젤의 제안에 마음의 결정을 내린 아세라드는 라그나를 바라봤다.

"저는 좋은 조건이라고 생각합니다."

"음."

아세라드의 말에 라그나는 진중한 표정으로 고개를 끄덕였다.

"네가 그렇다면 그렇겠지."

아세라드는 라그나가 용병단에서 가장 신뢰하는 인물.

그렇기에 아세라드의 결정을 대부분 지지했다.

다만, 전부 그렇지는 않았다.

라그나는 기분파였으니까.

"하지만 1년 장기 계약은 내키지 않아."

라그나는 자유로운 영혼의 소유자였다. 그리고 강자와 싸우거나 혹은 강력한 몬스터와 싸우는 걸 좋아했다.

그 때문에 대륙을 떠돌며 여행을 했고, 한 장소에 오래 머물지 않았다.

그런데 나이젤의 제안을 받아들인다면 최소 1년은 노팅힐 변경에서 움직일 수 없었다.

아무리 조건이 좋아도 한 곳에 오래 머무는 건 달갑지 않은 일이었다.

하지만.

"조건을 하나 더 달도록 하지."

라그나는 나이젤을 바라보며 입꼬리를 씩 치켜올렸다.

그 모습에 나이젤은 재빨리 선수를 쳤다.

"형님, 설마 용병단에 들어오라고 하는 건 아니겠지?"

"어, 왜 안 돼?"

"안 돼."

나이젤은 단호하게 말했다.

혹시나 싶었는데 역시나였다.

1년 장기 계약을 맺는 조건으로 자신을 용병단에 넣으려고 했던 것이다.

"그게 아니면 장기 계약은 딱히 하고 싶지 않은데."

장기 계약을 맺는다면 1년간 노팅힐 영지에서 따분하게 보낼 공산이 컸다.

그럴 바엔 대륙을 떠돌며 싸움을 하는 편이 나았다.

다른 용병단원들도 마찬가지.

그들은 하나같이 전투광이었으니까.

"단장?"

그때 아세라드가 날카로운 눈으로 라그나를 쏘아봤다.

용병단에서 유일하게 전투광이 아니고 상식적인 인물인 그는 나이젤의 조건이 마음에 들었다.

그렇기에 어떻게든 1년 장기 계약을 맺고 싶었다.

"좋은 조건이니 받아들이는 게 어떻습니까? 그리고 1년 동안 있으면서 나이젤을 단원으로 꼬셔 보죠."

아세라드는 라그나의 귓가에 작은 목소리로 속삭였다.

하지만 라그나는 시큰둥한 표정이었다. 1년이라는 시간은 짧지 않으니까.

"음. 그래도 1년은……."

"알겠습니다. 그럼 용돈을 없앨 수밖에 없겠군요."

"요, 용돈은 왜?"

"왜긴 왜입니까. 돈이 없으니까 그렇지요. 현재 저희 용병단 자금 사정이 좋지 못하다고 이전부터 말했지 않습니까. 단원들 무기 수리비만 해도 빠듯합니다."

"아니, 왜? 얼마 전에 받은 의뢰비가 있잖아? 그거면……."

"아크할테케를 제작하기 위한 비용으로 써야죠. 다른 곳에 쓸 여유는 없습니다."

"아, 맞다. 그랬지 참."

그제야 라그나는 고개를 끄덕였다.

애초에 크림슨 용병단이 노팅힐 영지에 온 이유도 라그나의 전용 헤카톤케일, 아크할테케를 제작하기 위한 핵심 재료를 얻기 위함이었다.

전설의 금속 오리하르콘을 말이다.

다행히 나이젤에게 오리하르콘을 구할 수 있었다.

다만 오리하르콘을 다뤄야 했기에 드워프 장인들이 필요했다.

'설마 이런 변경 영지에 그랜드 공방의 장인들이 있을 줄이야.'

아세라드에게 있어서는 절호의 기회나 다름없었다.

그랜드 공방은 아크할테케의 제작 의뢰를 맡길 여러 후보들 중 하나였고, 공방장인 울라프까지 있었으니까.

덕분에 다른 실력 좋은 드워프 대장장이들을 찾아갈 수고를 들게 되었다.

하지만 역시 제작 비용이 문제였다.

핵심 재료인 오리하르콘을 구할 수 있었지만, 제작 비용이 만만치 않았기 때문이다.

거기다 전투밖에 머릿속에 없는 단원들은 일이 끝나면 흥청망청 술을 마시기 일쑤였다.

그 때문에 지금 사실 크림슨 용병단은 재정 상태가 썩 좋지 않았다.

그런 상황에서 나이젤이 자금 스폰서라는 달콤한 제안을 해 온 것이다.

그런데 그걸 차 버리겠다고?

"이번 의뢰를 받지 않겠다면 앞으로 술값은 알아서 하십시오."

"뭐? 왜?"

"아크할테케에 대부분 투자하고, 단원들 장비 수리 비용밖에 남아 있지 않습니다. 이번 기회에 금주하세요."

"컥!"

라그나는 숨이 콱 막혔다.

금주라니!

하루에 최소 술 한 병을 비우지 않으면 입에서 가시가 돋치는데!

"아, 아세라드……?"

라그나는 간절한 눈으로 아세라드를 바라봤다.

하지만 어림도 없는 일이었다.

"그런 눈으로 봐도 안 되는 건 안 됩니다."

역시 백금의 악마라고 불리게 될 아세라드 린드블룸.

돈에 관해서는 세계관 최강자인 라그나라고 해도 아세라드에게 한 수 접을 수밖에 없었다.

아세라드는 크림슨 용병단의 운영과 살림을 담당하는 어머니와도 같은 존재였으니까.

"계약 연장을 해 주겠다면 술을 지급할 생각인데… 관심 없어?"

그때 나이젤이 라그나를 향해 웃으며 입을 열었다.

"술을 준다고?"

라그나는 솔깃한 표정을 지었다.

전투만큼은 아니지만, 그래도 술을 좋아하는 애주가였으니까.

"싫으면 말고."

나이젤은 어깨를 으쓱했다.

턱.

"아직 싫다고 말 안 했다. 성급해하지 마라, 나이젤."

정색한 표정으로 라그나는 나이젤의 어깨를 붙잡으며 말했다.

그뿐만이 아니다.

"나도 술 지급해 주나?"

비요른도 나이젤의 어깨를 붙잡으며 애잔한 눈으로 바라봤다.

"물론."

그들의 모습에 나이젤은 미소를 지어 보였다.

하지만 이내 진지한 표정으로 다시 입을 열기 시작했다.

"앞으로 영지가 공격받는 일이 많아질 거야. 그때 크림슨 용병단이 영지를 지켜 줬으면 해."

"오늘 같은 일이 또 생긴다는 말이냐?"

라그나의 물음에 나이젤은 말없이 고개를 끄덕였다.

"흠."

그러자 라그나는 생각에 잠겼다.

하지만 이미 답은 결정된 것이나 다름없었다.

그리고 나이젤은 마지막 결정타를 날렸다.

"적어도 노팅힐 영지에 있으면 지루한 일은 없을 거라 약속할게."

"알겠다. 그럼 계약을 연장하기로 하지."

나이젤의 말에 라그나는 깔끔하게 결정을 내렸다.

오늘 같은 전투가 또 있고, 무엇보다 노팅힐 영지에는 나이젤이 있었으니까.

적어도 나이젤과 함께 있으면 심심하진 않을 것 같다는 계산을 한 것이다.

"좋은 선택이야."

나이젤은 밝은 미소를 지으며 라그나와 악수를 나눴다.

그리고 아세라드는 자금 부족 상황을 해결할 방법이 생겼다는 사실에 안도했으며, 비요른은 술을 마음껏 마실 수 있다는 생각에 즐거운 미소를 지었다.

"계약과 관련해서는 내일 해리와 루크한테 이야기하도록 하고 오늘은 마시러 가자!"

"오우! 그래야 내 동생이지."

그렇게 병실 침대를 박차고 일어난 나이젤은 일행을 데리고 계약 연장 기념으로 술을 마시러 나갔다.

이후, 새벽에 영주성으로 돌아온 나이젤은 카테리나를 시작으로 아리아와 해리, 딜런 등등 다른 사람들에게 환자가 무슨 술이냐고 호되게 혼났다.

＊　　　　＊　　　　＊

"크윽."

기간테스 산맥의 깊은 장소.

천외의 비경이 펼쳐져 있는 산속에서 신음성을 흘리는 인물이 있었다.

인간 같지 않은 창백한 안색을 가진 검은 피막의 날개를 가진 존재.

다름 아닌 중급 마족 파이런이었다.

"인간 주제에……."

파이런은 이를 악물었다.

설마 이 세계에서 자신에게 대미지를 입힐 수 있는 인간이 존재할 줄이야.

'이렇게 궁지에 몰린 건 오랜만이군.'

여러 세계를 정복하고 침식을 해 왔지만 오늘처럼 상처를 입어본 적은 정말 오랜만이었다.

'지긋지긋한 차원관리국 놈들이 보호하는 세계는 아닌 것 같은데 말이야.'

카오스 차원의 마족인 자신들과 차원관리국은 앙숙과도 같은 관계였다.

카오스 마족들이 세계 침식을 시작하면 차원관리국이 막으러 왔으니까.

카오스 마족들과 차원관리국은 여러 세계에 걸쳐 전쟁을 벌였다.

이른바 차원 전쟁이었다.

카오스 마족들은 차원관리국을 눈엣가시처럼 여겼다.

거의 모든 차원들이 관리국의 보호 아래 있었기 때문이다.

그 때문에 처음 이 세계를 발견했을 때 얼마나 기뻐했던가.

이 차원은 관리국의 보호를 받지 않는, 새롭게 발견된 세계였으니까.

그런데 설마 카오스 마족인 자신을 상처 입히는 인간이 존재할 줄이야.

다른 차원의 인간들에 비해 강한 존재들이 많이 있는 모양이었다.

그리고 그 말은······.

'그렇다면 오히려 더 좋은 일이지. 마나가 풍부하다는 소리니까.'

파이런은 입꼬리를 치켜올렸다.

카오스 마족들이 차원을 침략하는 이유는 단 하나, 바로 마나였다.

카오스 마족들은 일종의 정신 에너지로 이루어진 생명체였으며 마나로 생명을 연장하거나 강해질 수 있었다.

그렇기에 강대한 마나가 존재하는 세계를 탐냈다.

그리고 이 세계는 마나가 흘러넘쳤다. 비록 그로 인해 강한 존재들이 제법 있는 모양이었지만, 카오스 마족들에게는 문제 되지 않았다.

'차원관리국의 눈만 피할 수 있다면……'

이 세계를 정복하는 건 시간문제일 뿐이니까.

그리고 이미 선발대로서 파이런뿐만이 아니라 다른 마족들도 와 있는 상황이었다.

'다음에는 반드시 쓰러뜨려 주마.'

다음 공격 때, 파이런은 나이젤을 쓰러뜨리겠다고 이를 갈며 다짐했다.

＊　　　　＊　　　　＊

다음 날 아침.

"으윽. 골이야."

영주성 안에 마련된 자신의 방에서 눈을 뜬 나이젤은 심한 숙취를 느끼며 눈을 떴다.

"내가 다시는 형님들이랑 술을 마시나 봐라."

나이젤은 질린 표정을 지었다.

어젯밤은 그냥 적당히 술 한잔만 하고 돌아올 생각이었다.

하지만 역시 세계 최강 크림슨 용병단이라고 해야 할까.

라그나와 비요른은 나이젤보다도 더한 술고래였다.

어쩐지 아세라드가 술집에 가기 전에 '전, 이만'이라고 하면서 빠진다 싶었다. 설마 둘이서 술집에 남아 있던 술들을 거의 거덜 내 버릴 줄이야.

'그래서 용병단에 남은 자금이 없다고 한 거였구나.'

나이젤은 아세라드가 왜 술을 마시지 말라고 했는지 알 수 있을 것 같았다.

라그나와 비요른 둘만 해도 그만큼 마실 정도인데 용병단 전원이 작정하고 마시면 얼마나 마실지 소름이 돋을 정도였으니까.

아무래도 술 지급은 조건을 붙이든가 해야 될 거 같았다.

'어쨌든 오늘도 할 건 해야겠지?'

극렬하게 아무것도 하기 싫은 아침.

하지만 오늘은 중요한 일이 있었다.

어제 크림슨 용병단과 계약 연장을 한 것처럼, 오늘은 그랜드 공방의 드워프들을 만나 울라프에게 제안할 일이 있었기 때문이다.

'일단 좀 더 쉬었다가 만나야겠네.'

아직 숙취가 있는 나이젤은 다시 눈을 감았다.

그리고 무상심법을 운용하며 남아 있는 취기를 날려 버리기 시작했다.

오전에 크림슨 용병단과 계약 연장을 하기 위한 회의가 있었으니까.

*   *   *

그 날 오후.

오전에 크림슨 용병단과의 계약 연장을 무사히 마친 나이젤은 울라프가 있는 동쪽 외벽으로 나갔다.

뚝딱뚝딱 외벽이 수리되는 모습을 바라보며 나이젤은 다행스럽다는 생각이 들었다.

'돈이 부족하지 않아서 다행이었지.'

황색단 아지트를 작살내면서 테오도르가 숨기고 있던 비상금을 얻었다.

하지만 그것만으로는 조금 부족한 감이 있었다.

생각보다 드워프들의 고용과 외벽 수리 비용이 많이 들어갔으니까.

거기다 외벽에 온갖 함정 장치들부터 시작해서 자동 석궁 발사기 같은 병기들도 배치했다.

그 덕분에 비용이 예상 이상으로 많이 나왔다.

하지만 운 좋게 샤이엔 광산에서 히든 던전을 발견한 나이젤은 희귀 금속들을 손에 넣을 수 있었다.

그 덕분에 부족한 자금을 채운 것도 모자라 울라프를 비롯한 드워프들을 고용할 수 있었고, 나아가서는 크림슨 용병단의 라그나와 만날 수 있는 계기가 되었다.

'이제 상단을 만들어서 운영을 시작하면 영지 사정이 좀 나아지겠지.'

대신 해리와 루크가 갈려 나가겠지만.

"나이젤 백부장님 오셨습니까?"

그때 동쪽 외벽을 둘러보고 있던 나이젤을 반갑게 맞아 주는 인물이 있었다. 다름 아닌 울라프였다.

"바쁜가?"

나이젤은 외벽을 둘러봤다.

현재 동쪽 외벽은 분주했다.

영지군 병사들이 카오스 몬스터들의 시체를 치우고 있는 중이었고, 드워프들은 어제 전투에서 소모되거나 파괴된 창치들을 수리 중이었으니까.

"일단 급한 건 다 끝냈습니다. 남은 건 외벽 보수만 하면 되지요."

"그럼 잠시 좀 이야기할 수 있을까? 중요한 할 말이 있어서."

"아무렴요."

고개를 끄덕이며 대답한 울라프는 나이젤과 함께 시끄러운 작업장에서 좀 떨어진 조용한 장소로 이동했다.

"무슨 일이십니까?"

울라프는 조심스러운 표정으로 나이젤을 바라보며 용건을 물었다.

"다른 게 아니라 우리 영지에 남아 주지 않겠나?"

"예? 노팅힐 영지에 말입니까?"

"그래. 우리 영지에서 공방을 열어 줬으면 싶거든."

나이젤은 놀란 얼굴로 눈을 동그랗게 뜬 울라프를 바라봤다.

앞으로 영지 발전을 하려면 울라프의 도움이 필요했다.

당장 도시 외벽 수리뿐만이 아니라, 병사들이 사용할 병장기 개발부터 시작해서 각종 건축물과 나아가서는 양산형 헤카톤케일의 보급까지 계획에 넣고 있었다.

'일단 실력 하나만큼은 확실하니까.'

트리플 킹덤에서도 그렇고, 이번 외벽 보수 및 보강도 그렇고 나이젤이 보기에 울라프가 이끄는 그랜드 공방의 드워프들은 하나 같이 실력이 출중한 인재들이었다.

어디 그뿐인가?

앞으로 나이젤의 계획에 드워프들이 필요했다.

드워프들이 만든 병장기들로 영지군을 무장시키고, 다양한 병기 개발들을 시킬 생각이었으니까.

그리고 영지군이 사용하는 병장기들을 다운그레이드 시킨 양산품들로 다른 영지들과 거래할 생각이었다.

그렇기에 놓치고 싶지 않았다.

"물론 그냥 해달라고 하는 건 아니야. 앞으로 영지에서 상단을 만들면 자금 지원을 할 생각이니까"

"상단을 만드실 생각입니까?"

"그래. 이미 크림슨 용병단의 아세라드가 도와주기로 했고."

"아세라드 님이요?"

울라프는 또다시 놀란 표정을 지었다. 이미 아세라드에게 오리하르콘을 사용한 헤카톤케일의 개수(改修)를 의뢰받았으니 말이다.

"거기에 희귀 금속들도 구해다 줄 생각인데… 어때?"

"으음."

울라프는 생각에 잠겼다.

지금까지 자신들을 원하는 귀족들이라면 상당수 있었다.

당장 비교적 가까운 위치에 있는 윌버 남작가만 해도 자신들을 영입하기 위해 온갖 짓을 다 했으니까.

돈으로 회유하거나, 때로는 협박을 하기도 했다.

그럼에도 울라프는 넘어가지 않았다.

윌버 남작가 같은 귀족들을 도무지 믿을 수 없었기 때문이다.

하지만.

'나이젤 백부장님이라면 믿을 만하지.'

울라프는 어제 있었던 전투를 떠올렸다. 어제는 정말 위험했다.

까닥 잘못했으면 외벽이 뚫리면서 성채 도시가 날아갈 수도 있었으니까.

하지만 위급한 순간 나이젤이 나타나 지켜 주었다.

나이젤뿐만이 아니다.

아리아 플로렌스가 달려와 주지 않았다면 외벽 밖에서 일을 하던 작업자들 중 상당수가 피해를 입었을 것이다.

아니, 그 전에 영지군 병사들이 나서 주지 않았다면 작업자들은 전멸을 면치 못했을 터.

그리고 영주인 다리안도 최전선이라고 할 수 있는 동쪽 외벽에 있어 주지 않았던가.

윌버 남작이었으면 영지에서 가장 안전한 장소에서 한 발짝도 움직이지 않았을 것이다.

"그런데 어째서 저희가 영지에 남기를 원하시는 겁니까? 저희가 필요하면 지금처럼 의뢰를 하시면 될 텐데……."

"앞으로 생길 일들 때문이지."

"그 말씀은……."

"어제와 같은 일들이 또 생길지도 모르니까."

"예?"

울라프는 놀란 표정으로 나이젤을 바라봤다.

어제와 같은 대규모 몬스터들의 습격이 또 생길지 모른다니?

"나한테 개인 정보통이 있거든. 현재 우리 영지처럼 제국 변경의 다른 영지들도 몬스터들의 습격을 받고 있는 중인가 봐. 우리 영지도 기간테스 산맥에 다시 몬스터들이 집결 중인 모양이고."

"그런……."

"그래서 드워프들의 실력이 필요해. 일단 외벽 보수가 끝나면 자동 석궁 발사기와 같은 병기들을 더 많이 배치해서 최종적으로 요새화시킬 계획이야."

성채 도시의 요새화.

영지 보호를 위해 나이젤이 생각한 최종 방어선이었다.

그리고 카오스 몬스터들의 침략은 이제 막 시작되었을 뿐이었다.

노팅힐 영지에 카오스 몬스터들이 습격을 걸어왔던 것처럼 현재 다른 변경 영지들도 공격을 받고 있을 가능성이 컸다.

'게임에서 몇몇 영지는 멸망했었지.'

대표적으로 노팅힐 영지.

트리플 킹덤 게임에서 플레이어가 다리안 영주로 시작하지 않는 이상 초반에 멸망하는 첫 번째 영지였다.

또한 멀지 않은 곳에 있는 윌버 및 우드빌 영지도 괴멸에 가까운 피해를 입는 경우가 많았다.

"그래서 저희가 노팅힐 영지에 남기를 원하시는 겁니까?"

"그랜드 공방의 장인들이라면 믿을 수 있으니까. 우리 영지에 남아 준다면 정말 고맙지."

"그렇군요."

고개를 끄덕이며 대답하는 울라프의 얼굴에는 근심이 서려 있었다.

앞으로도 계속 카오스 몬스터들의 습격이 있을 거라고 나이젤이 이야기 했으니까.

그리고 나이젤의 말이 사실이라면 울라프도 결단을 내려야 했다.

'저 말이 사실이면 드워프 마을도 안전하지 못하다.'

샤이엔 광산의 드워프 마을은 천연의 요새와도 같았다.

하지만 어제 본 포이즌 하운드 같은 것들이 사방에서 달려와서 자폭 공격을 해 대면 얼마 버티지 못하고 뚫릴 것이다.

특히 나이젤과 싸웠던 마족이라는 존재라도 나타나는 날에는 그냥 끝이었다. 대공 방어는 되어 있지 않았으니까.

"알겠습니다. 다른 누구도 아닌 나이젤 백부장님이 원하신다면 그래야죠. 단, 조건이 있습니다."

울라프는 나이젤의 제안을 수락했다.

조건을 붙여서.

물론 나이젤은 울라프의 생각을 알고 있었다.

"마을에 있는 드워프들 말이지?"

"예. 알고 계셨군요."

"그야 뭐 당연하지. 가족이나 동족이 걱정되는 건 당연한 거니까."

"저희 마을 드워프들도 전부 받아 주실 수 있겠습니까?"

울라프는 걱정스러운 표정으로 나이젤을 바라봤다.

울라프를 비롯한 그랜드 공방의 드워프들이라면 모를까, 아무리 노팅힐 영지라고 해도 마을 전체를 받아들이는 건 아무래도 부담될 수밖에 없었다.

샤이엔 광산 마을의 드워프들은 족히 300명은 되었으니까.

"당연하지. 그 정도쯤은 얼마든지 감당할 수 있어."

울라프와 같은 장인 드워프들을 영입할 수 있는데 돈을 아까워할 필요는 없었다.

그리고 재정 담당은 나이젤이 아니라 해리와 루크였다.

또한, 조만간 아세라드도 합류시킬 생각이었다.

앞으로 돈 때문에 머리 아파할 사람은 그 셋이지, 나이젤은 아니었다.

"그 말을 들으니 안심이 되는군요."

호쾌한 나이젤의 대답에 울라프는 안도한 표정을 지었다.

아마 나이젤이 드워프 마을 하나를 받아들였다는 사실을 해리와 루크가 알게 되면 보이콧을 외칠지도 모르겠지만 나이젤이 알 바는 아니었다.

'난 해야 할 일을 했을 뿐이니까.'

그 덕분에 루크와 해리가 할 일이 늘어날 뿐.

그래도 카오스 몬스터들의 사체를 처리하면 크림슨 용병단과 드워프 300명을 먹여 살릴 수 있을 터였다.

그뿐만이 아니라 다른 사업 아이템들도 있으니 말이다.

"자세한 건 나중에 루크와 해리를 통해서 정해야겠지만 앞으로 잘 부탁하지."

"저희야말로."

그렇게 나이젤과 울라프는 서로 바라보며 미소를 지었다.

*　　　　　　*　　　　　　*

그 날 저녁.

크림슨 미드나이트 용병단과 정식으로 1년 간 계약 연장이 되었다는 소식이 알려졌다.

그리고 샤이엔 광산 마을의 드워프들을 영지의 일원으로 받아들인다는 소식까지도.

그 덕분인지 저녁에 자신의 방으로 쉬기 위해 돌아온 나이젤의 시야에 시스템 메시지가 주르륵 떠오르고 있는 중이었다.

[축하합니다! 당신은 크림슨 미드나이트 용병단과 1년 계약 연장을 성공시켰습니다!]

[계약 연장 보상으로 크림슨 용병단원들의 호감도가 10포인트, 통솔력과 매력이 3포인트씩 상승합니다. 보너스로 전공 포인트 10,000을 지급합니다!]

[현재 단원들의 평균 호감도는 60입니다. 이제부터 단원들은 당신을 우호적으로 대할 것입니다.]

[용병왕 라그나의 호감도는 70입니다. 라그나가 당신에게 친근감을 느낍니다. 그리고 당신을 친한 동생처럼 생각합니다.]

[축하합니다! 그랜드 공방장 울라파를 비롯한 드워프 300명이 노팅힐 영지의 일원이 되었습니다!]

[당신이 호의적으로 대해 준 울라프의 호감도가 10포인트 상승합니다. 울라프의 호감도는 70입니다. 울라프가 당신에게 친근감을 느

끼며 믿을 수 있는 인물이라고 생각합니다.]

[당신은 최초로 다른 종족을 영지의 일원으로 받아들였습니다. 보상으로 10,000전공 포인트를 지급합니다!]

'대박이네.'

시스템 메시지를 확인한 나이젤은 만족스러운 미소를 지었다.

크림슨 용병단과 계약 연장을 하고, 울라프를 비롯한 드워프들을 영입한 건 당연한 일이었다.

그럴 수 있는 정보와 수단을 가지고 있었으니까.

특히 크림슨 용병단 같은 경우에는 지난 한 달간 함께 토벌 임무를 빙자한 굴림을 당하면서도 호감도에 신경 썼다.

덕분에 용병단 전원의 호감도를 30 중반에서 50까지 올릴 수 있었다.

호감과 관심 사이에 있던 단원들과 우호적인 관계를 구축한 것이다.

울라프를 비롯한 다른 드워프들 또한 마찬가지였다.

그들의 호감도를 올리는 건 단원들보다 쉬웠다.

드워프들은 희귀 광물과 맥주 앞에서는 사족을 못 쓰는 종족이었으니까.

'여기까지는 계산대로야.'

설마 계약 연장을 성공하고 드워프들을 마을 채로 영입하면서 부가적으로 전공 포인트와 호감도 및 능력치까지 상승할 줄은 몰랐다.

하지만 어쨌거나 좋은 일이었기에 문제 될 건 없었다.

'진짜 문제는 이제부터 시작이지.'

상단 운영에 관해서는 해리, 루크, 아세라드 세 명에게 맡기면 될 것이다.

그리고 나이젤은 이제부터 본격적으로 각 분야의 인재들과 무장들을 모으러 다닐 생각이었다.

다음 노팅힐 영지에서 시작될 2차 웨이브까지 남은 시간은 약 한 달 정도.

그 안에 노팅힐 영지를 나가서 무장들을 영입해 돌아와야 했다.

'그럼 현재 가장 먼저 영입해야 할 무장은…… 다니엘 크라이튼이지.'

삼국지에서 손책과 처절한 일기토를 벌인 태사자에 해당하는 무장이다.

삼국지와 마찬가지로 트리플 킹덤에서도 손꼽히는 강한 무장들 중 한 명으로 후에 팬드래건 진영으로 합류하게 된다.

하지만 다니엘이 손책이라고 할 수 있는 브로드 팬드래건의 수하로 들어가기 전에 먼저 영입할 생각이었다.

'지금이 영입하기 좋은 시기이니까.'

나이젤은 씁쓸한 표정을 지었다.

노팅힐 영지가 카오스 몬스터들에게 습격을 받은 것처럼, 다른 변경 영지들도 습격받고 있을 테니까.

'일단 연락을 돌렸지만 믿는 영지는 거의 없겠지.'

크림슨 용병단과 함께 몬스터 토벌을 하러 나가기 전, 나이젤은 다른 변경 영지에 연락을 넣었다.

앞으로 한 달쯤 뒤에 몬스터들이 영지를 습격해 올 수 있다고.

다니엘이 있는 우드빌 영지는 물론이고 쓰레기 같은 저스틴이 있는 월버 영지에도 일단 연락을 넣었다.

언젠가 적이 될지도 모르는 월버와 우드빌 가문을 위해서가 아니다.

죄 없는 일반 영지민들을 위해서였다. 언젠가 그들을 노팅힐의 영지민으로 받아들일 생각이었으니까.

다만 변경 영주들 중에서 대규모 몬스터 무리들이 습격해 온다는 소식을 믿는 사람은 적을 것이다.

실제로 소식을 전해 들은 월버 남작은 코웃음을 치고 비웃었다.

다리안 영주가 무능한 것도 모자라 이제 실성까지 했다고 하면서.

하지만 우드빌 영지의 다니엘은 믿었다. 노팅힐 영지에서 직접 다리안 영주와 나이젤을 만났었으니까.

비록 우드빌 남작의 반응이 월버 남작과 다르지 않았지만 말이다.

'아무튼 월버와 우드빌 두 영지에서 인재들을 발굴해야 돼.'

동부의 3영지라고 할 수 있는 노팅힐, 월버, 우드빌의 재야에는 인재들이 묻혀 있었다.

그들 대부분은 후에 팬드래건 진영으로 들어간다.

하지만 나이젤은 그들 중 유능한 인재들을 팬드래건 진영보다 먼저 영입할 계획이었다.

그러기 위해서는……

"내가 직접 움직이는 수밖에."

나이젤은 작은 한숨을 내쉬었다.

본격적으로 유능한 인재들을 영입하기 위해서 동부 지역을 돌아다녀야 했으니까.

*　　　　*　　　　*

다음 날 아침.

나이젤은 자신의 집무실에 해리와 루크를 불렀다.

"예? 영지를 또 떠나 있겠다고요?"

루크는 벙찐 표정으로 되물었다.

"우드빌 영지에 갔다가 윌버 영지에 가 볼까 해서."

"와, 진짜 너무한 거 아닙니까? 우린 지금 일 때문에 죽겠는데 지금 이 시국에 여행을 가겠다고요?"

"야, 너 지금 나한테 따지는 거냐? 요즘 살 만하지? 숨도 못 쉬게 해 줄까?"

루크의 말에 나이젤은 정색하면서 엄포를 놓았다.

그러자 화들짝 놀란 루크는 손사래를 치며 변명을 늘어놓기 시작했다.

"아니, 그게 아니라 어제 또 무슨 상단 하나 만든다면서요. 가뜩이나 인원 부족해서 죽겠는데, 정작 상단 만들겠다는 당사자가 빠지면 저희가 좀 힘들어서요."

"그래서 아세라드를 붙여 줬잖아. 그리고 인원이 부족하긴 뭐가 부족해? 한 달 동안 많이도 뽑아 놨더만."

"그 정도로 되겠습니까? 아직 많이 부족합니다."

"부족하기는 무슨."

루크는 몇 년은 늙은 듯한 얼굴로 힘없이 대꾸했지만 나이젤에게는 씨알도 먹히지 않았다.

루크의 앓는 소리와 다르게, 현재 노팅힐 영지의 내정 상황은 한 달 전과 비교하면 많이 좋아진 편이었다.

지난 한 달간 루크와 해리가 성채 도시 내에서 내정 운영을 위한 인원을 꾸준히 뽑아 왔기 때문이다.

예전 같았으면 불가능한 일이었다.

아무도 무능한 다리안 영주 밑에서 일하고 싶어 하지 않았으니까.

하지만 약 두 달 동안 노팅힐 영지에서는 많은 일들이 있었다.

기간테스 산맥에서 쳐들어온 고블린 무리들 앞에 다리안 영주가 영지민들을 위해 검을 들고 달려들었다는 소문이 퍼졌고, 망나니로 유명한 나이젤 십부장이 월버 영지의 기사를 꺾고 뒷세계 조직을 일망타진했다는 소식도 전해졌다.

영지 일에 관심이 없는 사람의 귀에도 소식이 전해질 정도로 유명한 일들이었다.

덕분에 영지민들의 인식이 많이 바뀌었다.

루크와 해리가 행정원들을 모집한다는 공고를 내자마자 제법 많은 사람들이 몰려올 정도로.

다만 인원이 늘어난 만큼 일도 늘었다는 사실이 함정이었지만, 그래도 숨 돌릴 정도는 되었는데 그마저도 날아갔다.

어제 나이젤이 폭탄선언을 했으니까.

"나이젤 백부장님, 그럼 상단 창단은 어쩔 생각입니까?"

잠시 나이젤과 루크의 대화를 듣던 해리가 입을 열었다.

그런 해리를 향해 나이젤은 싱긋 웃으며 답했다.

"해리 오십 부장님만 믿고 있겠습니다."

"이럴 때만 예의가 바르군요."

나이젤의 대답에 해리는 고개를 흔들었다.

나이젤이 기사로 승급하고 백부장이 되면서 존대를 했다.

신분이 달랐으니까.

하지만 나이젤의 인생에서 가장 가까운 인물은 다름 아닌 해리였다.

애초에 술 마시고 사고나 치던 망나니 나이젤이 노팅힐 영지군으로 들어올 수 있었던 이유도 해리가 스카우트한 덕분이었으니까.

그 때문인지는 몰라도 나이젤의 기억을 공유하고 있는 진현은 지금도 해리가 가깝게 느껴졌다.

그래서 지금 같은 사석에서는 종종 말을 높이며 장난을 쳤다.

"그런데 또 무슨 일로 영지를 나가려고 하는 겁니까?"

"해야 할 일이 있어서. 적어도 한 달 안에는 돌아올 예정이야."

"또 다쳐서 돌아오는 건 아니죠?"

해리는 의문과 걱정이 깃든 눈으로 나이젤을 바라봤다.

"아니, 이제 내가 맞고 다닐 때는 지난 거 같은데……."

"워낙 다치는 경우가 많았지 않았습니까."

해리는 걱정이 되었다.

나이젤이 어디 나갔다가 오면 상처가 늘어나 있었기 때문이다.

더군다나 불과 이틀 전만 해도 부상을 입고 병실 신세를 지지 않았던가?

거기다 한 달 동안 몬스터 토벌을 한다면서 나갔다가 돌아온 지 며칠도 되지 않았다.

그런데 벌써 또 영지를 나가겠다고 할 줄이야.

"이번에도 용병단원들과 나갈 생각이십니까?"

"아니. 카테리나와 둘이서만 나갔다가 올 생각인데."

순간 해리와 루크는 흠칫거리며 나이젤을 바라봤다.

"카, 카테리나 양과 둘이서 말입니까?"

"응. 무슨 문제라도 있나?"

나이젤은 고개를 갸웃거리며 반문했다. 해리와 루크의 반응이 이상했기 때문이다.

하지만 루크와 해리는 굉장히 놀란 표정으로 나이젤을 바라보고 있었다.

여자와 단둘이서 여행이라니!

루크는 기분 나쁘게 실실 웃으며 농담조로 말했다.

"혹시 둘이 갔다가 셋이 되어서 돌아오는 거 아닙니까?"

"어? 어떻게 알았냐? 안 그래도 그럴 생각이었는데."

나이젤은 피식 웃었다.

설마 자신이 무장을 영입하러 영지를 나간다는 사실을 알고 있었을 줄이야.

"……!"

하지만 나이젤의 대답을 듣는 순간 루크와 해리의 표정이 굳어졌다.

여자와 둘이서 여행을 갔다가 셋이 되어서 돌아오겠다니?

이거 완전 확신범이지 않은가?

"마음 같아서는 셋이 아니라 넷이나 그 이상이었으면 좋겠는데 말이야."

그런 그들의 생각을 알 리 없는 나이젤은 아쉬운 표정으로 턱을 쓰다듬었다.

다니엘뿐만이 아니라 다른 무장들을 영입해서 돌아온다면 앞으로 노팅힐 영지를 발전시키는 데 분명 도움이 될 테니까.

하지만.

"네, 넷 이상요?"

이어지는 나이젤의 말을 들은 루크와 해리는 대략 정신이 멍해졌다.

셋도 아니고, 넷도 아닌 그 이상이었으면 좋겠다니!

대체 몇 명이나 애들을 만들 생각이란 말인가!

예상치 못한 나이젤의 폭탄선언에 해리는 떠듬떠듬 입을 열었다.

"그, 그래도 한 달 만에 네 명 이상은 무리가 아닌지……."

"역시 그런가. 아무리 그래도 한 달에 네 명 이상은 힘들겠지?"

해리의 말에 나이젤은 고개를 끄덕였다. 확실히 한 달 안에 다니엘뿐만이 아니라 네 명 이상 쓸 만한 무장들을 영입하는 건 어려울 수도 있었다.

"그래도 노력은 해 봐야지 않겠어?"

나이젤은 씩 웃으며 해리를 바라봤다. 그러자 해리의 표정이 해괴해졌다.

"노, 노력요?"

역시 나이젤 백부장.

한 달 만에 아이를 네 명 이상 만들 노력을 하겠다니!

이 정도면 진심이라고 봐야 되지 않을까?

문득 해리는 어느 한 인물이 걱정되었다.

"그, 그럼 아리아 님은 어쩌실 생각입니까?"

"여기서 아리아가 왜 나와?"

나이젤은 어리둥절한 표정을 지었다.

"아리아 님이 아시면 난리 치지 않을까요?"

해리는 알고 있었다.

아리아가 노팅힐 영지에 남아 있는 이유가 나이젤 때문이라는 사실을.

실제로 아리아는 나이젤을 굉장히 마음에 들어 하고 있었다.

자신을 구해 주었을 뿐만이 아니라, 영혼이 되어 남아 있던 고아원 아이들까지 구원해 주었으니까.

"그러니까 왜?"

하지만 나이젤은 이해할 수 없는 얼굴로 해리를 바라봤다.

다니엘을 영입하는데 왜 아리아가 난리를 친단 말인가?

'다니엘과 사이가 안 좋나?'

하긴 우드빌 사절단이 다리안 영주를 상대로 무례를 범했었다.

확실히 그 때문에 아리아가 안 좋게 생각할 수도 있었다.

"그… 둘이서 갔다가 셋이나 넷 이상이 돼서 오면 문제가 생길 것 같습니다만……."

루크는 차마 끝까지 말을 맺지 못하고 걱정스러운 눈으로 나이젤을 바라봤다.

하지만 나이젤은 확고했다.

"그래도 어쩔 수 없지. 어떻게든 납득시키는 수밖에."

"납득시킬 수 있을까요?"

해리와 루크는 걱정이 앞섰다.

나이젤이 카테리나와 둘이서 나갔다가 셋이나 넷 이상이 되어서 돌아오는 순간 영주성이 박살 날 것 같았기 때문이다.

아니, 최악의 경우 성채 도시가 사라지지 않을까?

"걱정하지 마. 내가 알아서 할 테니."

나이젤은 대수롭지 않은 투로 답했다. 개인의 사정도 중요하지만 그보다 더 영지를 강화시킬 수 있는 일에 집중해야 할 때니까.

"아, 알겠습니다. 믿어 보도록 하죠."

해리는 걱정이 가시지 않았지만 다른 누구도 아닌 나이젤의 말이었다.

지금까지 나이젤은 불가능하다고 생각해 왔던 일들을 해결했다.

분명 이번에도 그럴 테지.

'믿어야…겠지?'

그렇게 해리는 불안한 표정으로 나이젤을 바라봤다.

그 날 오후.

영주성 전체에 믿기지 않는 어마어마한 소문이 퍼졌다.

* * *

어두운 밤.

하얀 보름달 아래로 튼튼한 돌벽으로 둘러싸인 작은 도시가 있다.

성채 도시, 우드빌.

노팅힐 영지의 성채 도시와 규모가 비슷하나, 보다 더 깔끔하고 내부 구역 정리가 잘되어 있는 도시였다.

그리고 성채도시 우드빌 중심부에는 작은 성이 하나 존재한다.

바로 그곳에 바론 우드빌 남작이 살고 있었다.

"이제 한 달이 되어 가는군."

영주성 집무실에서 창문 밖의 하얀 보름달을 바라보며 바론 남작은 와인을 한 모금 마셨다.

"다리안 영주가 보낸 소식이 신경 쓰이십니까?"

"설마, 그럴 리가."

자신의 오른팔이자 우드빌 영지의 무장들을 통솔하는 로건의 말에 바론 남작은 입가에 비웃음을 띠었다.

"버러지 같은 놈의 말을 내가 왜 믿겠나? 다만……."

"다만?"

"이용해 먹을 건 이용해 먹어야지."

악의가 깃든 미소.

바론 우드빌 남작 또한 다리안 영주를 못 잡아먹어서 안달인 인물들 중 한 명이었다.

그런데 한 달 전, 대규모 몬스터 무리들이 우드빌 영지의 성채 도시를 습격할 수 있다는 소식이 날아왔다.

그 소식을 듣자마자 바론 남작은 한마디 내뱉었다.

개소리!

Chapter

7

노팅힐 영지와 다르게 우드빌 영지의 병사들은 항상 성채 도시 주변을 정찰하고 몬스터들을 토벌해 왔다.

그런데 대규모 몬스터들이 대체 어디서 쳐들어온다는 말인가.

'기간테스 산맥에서 몬스터들이 쳐들어오는 일도 드물지.'

최근 수십 년간 기간테스 산맥에서 몬스터들이 넘어오긴 했지만 숫자는 얼마 되지 않았다.

거기다 기간테스 산맥은 우드빌 영지에서 제법 멀리 떨어져 있다.

그렇기에 산맥에서 넘어온 몬스터들이 윌버 영지나 노팅힐 영지로 갔으면 갔지 우드빌 영지까지 오는 경우는 드물었다.

"이대로 아무 일이 없다면 다리안 영주에게 손해배상을 청구할 생각이야."

"과연."

바론 남작의 말에 로건은 흥미로운 표정으로 고개를 끄덕였다.

그들은 다리안 영주의 경고를 빌미로 노팅힐 영지를 뜯어먹을 생각을 하고 있었던 것이다.

"이번에는 실수하지 마라."

"알겠습니다."

차가운 바론 남작의 말에 로건은 고개를 숙였다. 지난번에는 드워프들과 나이젤 백부장이라는 놈 때문에 돈을 뜯어오지 못했다.

아무런 성과도 없이 빈손으로 돌아온 로건에게 바론 남작은 노발대발 화를 냈다.

무능한 다리안 영주에게서 아무것도 얻지 못하고 돌아왔냐고 하면서.

그렇게 욕을 들은 후, 화가 가라앉은 바론 남작에게 자초지종을 설명했다.

그랜드 공방의 드워프들이 있어서 손을 대기가 쉽지 않았다고.

하지만 빈손으로 돌아온 가장 큰 이유가 다니엘이 명령을 따르지 않았기 때문이라고 뒤집어씌웠다.

그 결과 바론 남작은 다니엘을 좌천시켰다. 성채 도시 외벽 경비대 병사로 강등시킨 것이다.

그 외에는 처벌하지 않았다.

"기대하지."

바론 남작은 혀로 입술을 핥았다.

불쌍한 표정으로 자신을 바라볼 다리안 영주의 얼굴을 생각하니 절로 웃음이 나왔다.

"맡겨 주십시오."

여전히 고개를 숙인 채로 로건은 자신감 넘치는 목소리로 답했다.

'나이젤 백부장이라고 했었지? 네놈만큼은 내가 직접 손봐 주마.'

그리고 한 달 전 자신을 방해한 나이젤이라는 애송이를 짓밟아 줄 생각에 희미한 미소를 입가에 지었다.

그 무렵.

성채 도시 우드빌에서 조금 떨어진 어두운 밤하늘에서 이변이 일어나고 있었다.

파지직!

검은 스파크가 튀면서 공간이 일그러지고 있었으니까.

　　　*　　　　　　*　　　　　　*

나이젤은 눈앞을 바라봤다.

그의 눈앞에는 카테리나가 지내고 있는 방문이 있었다.

'망할 루크 같으니.'

오늘 저녁.

나이젤은 가슴이 철렁 내려앉는 줄 알았다.

카오스 고블린 챔피언을 만났을 때도, 네임드 보스 몬스터 코

볼트 커맨더와 조우했을 때도, 샤이엔 광산에서 처음으로 3성 보스인 그랑카인을 마주했을 때도 느껴 보지 못했던 기분이었다.

그런데 루크 덕분에 처음으로 느꼈다. 영주성 전체에 나이젤이 카테리나와 아기를 만들겠다는 소문이 퍼져 있었기 때문이다.

소문의 출처는 다름 아닌 루크였다.

다행히 나이젤의 이해자기도 한 해리는 침묵한 모양이었다.

덕분에 해리는 무사할 것이다.

다만 루크는 징벌을 피할 수 없었다.

나이젤이 단단히 벼르고 있었으니까.

루크 또한 자신의 잘못을 깨달았는지 잠수를 탔다.

그럴 줄 알고 이미 나이젤은 라그나에게 붙잡아 달라고 부탁을 했다.

루크가 붙잡히는 건 시간문제였다.

하지만 지금은 그보다 더 먼저 해야 할 일이 있었다.

잠시 헛기침을 한 나이젤은 문을 두드리며 입을 열었다.

"카테리나 있어? 잠시 이야기 좀 할 게 있는데."

그 말을 끝으로 나이젤은 잠시 기다렸다.

"네, 네."

얼마 지나지 않아 문 너머에서 당황한 카테리나의 목소리가 들려왔다.

그녀가 방에 있다는 사실을 확인한 나이젤은 다시 입을 열었다.

덜컥.

그리고 그녀의 방문이 열리며 붉게 물든 얼굴의 카테리나가 문틈으로 모습을 드러냈다.

"드, 들어오세요."

카테리나는 나이젤을 자신의 방으로 초대했다.

"그럼 실례 좀 할게."

나이젤은 그녀의 방 안으로 들어갔다.

순간 달콤한 그녀의 향기가 났다.

고개를 돌려 보니 메이드복 안에 하얀 셔츠와 검은색 치마를 받쳐 입고 있는 그녀의 모습이 보였다.

"……!"

그리고 나이젤과 시선이 마주치자 카테리나의 얼굴이 더욱 붉어졌다.

[카테리나의 호감도가 1 상승합니다.]

'아니, 여기서 호감도가?'

눈앞에 떠오른 호감도 메시지를 확인한 나이젤은 속으로 고개를 절레절레 흔들었다.

아무래도 남자랑 단둘이 한 방에 있어서 동요한 모양.

'하긴 외간 남자랑 둘이 있으면 긴장하거나 불안할 만하겠지. 이게 바로 흔들다리 효과인가?'

좀 다르지만 나이젤은 그렇게 납득했다. 그리고 지금 카테리나를 찾아온 이유는 따로 있었다.

"다름이 아니라 오늘 소문 때문에 말인데……."

"아, 알고 있어요. 전 괜찮아요."

카테리나는 붉어진 얼굴로 답했다.

이미 예상하고 있던 말이었으니까.

"정말 괜찮아?"

"네."

고개를 끄덕이며 대답하는 그녀의 모습에 나이젤은 안도의 표정을 지었다.

다행히 카테리나가 헛소문으로 인해 놀라거나 하지 않아 보였기 때문이다.

"그럼 다행이고."

[카테리나의 호감도가 1 상승합니다.]

"네. 일부러 와 주셔서 감사합니다."

[카테리나의 호감도가 1 상승합니다.]

"어, 응."

[카테리나의 호감도가 1 상승합니다.]

'뭐지? 대체 무슨 일이 일어나고 있는 거지?'

나이젤은 의아한 눈으로 카테리나를 바라봤다.

갑자기 호감도 메시지가 주르륵 떠올랐기 때문이다.

그뿐만이 아니다.

용안으로 본 그녀는 현재 주황색 감정이 피어오르고 있었다.

기쁨의 감정이었다.

'소문이 거짓이라 기뻐하는 건가?'

나이젤은 속으로 고개를 갸웃거렸다.

어쨌든 카테리나와 오해가 풀려서 다행이긴 했다. 앞으로 함께 여행을 가야 할 사이였으니까.

"그럼 가 볼게."

용건을 마친 나이젤은 미련 없이 몸을 돌렸다.

아직 오늘 밤이 지나기 전에 해야 할 일이 남아 있었기 때문이다.

"조, 조심해서 가세요."

카테리나는 아쉬운 눈으로 나이젤의 등을 바라보며 말했다.

그 말에 나이젤은 등을 보인 채 오른손을 들었다 내리며 방에서 나갔다.

홀로 남은 카테리나는 붉게 상기된 얼굴로 나이젤이 나간 방문을 바라보며 중얼거렸다.

"전 정말 괜찮아요."

소문대로 되어도.

창가에서 비쳐 들어오는 하얀 달빛 속에서 카테리나는 붉은 혀로 입술을 핥았다.

*　　　　*　　　　*

그 날 밤.

하얀 달빛이 내려 비치는 영주성 연병장에서 완전군장을 한 인물이 뺑뺑이를 돌고 있었다.

그런데 몇 바퀴 돌다가 지쳤는지 다리가 점점 더 느려지더니 어느 순간 제자리에 선 채 숨을 몰아쉬었다.

"야! 힘드냐? 빨리 안 뛰어?"

"자, 잠시 좀 쉬면 안 됩니까?"

"응. 안 돼. 빨리 뛰어. 안 뛰면 10바퀴 추가야."

"흐어어억! 살려 주세요!"

루크는 비명을 지르며 다시 연병장을 뛰기 시작했다.

"그러게 누가 헛소문을 흘리래?"

나이젤은 눈을 부라렸다.

오늘 루크가 헛소문을 흘린 걸 생각하면 이가 갈렸다.

그 결과 루크 혼자만 나이젤에게 엄청 깨진 다음 지금 이렇게 완전군장을 한 후, 하얀 보름달 아래에서 연병장을 달리게 되었다.

"아니, 전 둘이서 여행 갔다가 셋이서 돌아온다고 해서… 헉 헉!"

루크는 숨을 몰아쉬며 말했다.

"그렇다고 그걸 그런 식으로 해석해서 소문을 내면 나랑 카테리나는 뭐가 되냐?"

나이젤은 한숨을 내쉬었다.

지력도 높은 놈이 눈치는 또 없어 가지고.

말도 안 되는 오해를 한 데다가 소문까지 낼 줄이야.

그 때문에 소문을 들은 카테리나는 연병장에서 창술을 연마하다가 보이콧을 해 버렸다.

부끄러웠는지 방에 콕 박힌 것이다.

덕분에 그녀를 달래느라 여행을 떠나기도 전에 진땀을 빼야했다.

어디 그뿐인가?

성채 도시 외곽에서 빈민가 아이들을 돌보던 아리아가 귀신같은 얼굴로 자신을 찾아왔다.

아직 소문이 영주성에 퍼져 있던 상황에서 말이다.

언제 어디서 소문을 들었는지 알 수 없었지만 자신을 찾아온 아리아를 진정시키는 데 나이젤은 식은땀을 흘려야 했다.

그리고 그제야 해리의 말이 어떤 의미였는지 뼈에 사무치도록 깨달을 수 있었다.

[납득시킬 수 있을까요?]

'이번에는 납득시킬 수 있었지.'

애초에 루크가 퍼트린 허황된 소문이었으니까.

하지만 진짜였었다면 정말 난리가 났을지도 몰랐다.

카테리나와 아이를 만들었냐고 묻는 아리아의 눈이 생기를 잃고 죽어 있었기 때문이다.

솔직히 조금 무서웠다.

"아무튼 오늘 밤은 재우지 않을 거니까. 나랑 같이 땀을 흘리며 밤을 새 보자."

"아, 좀. 살려 주세요."

"닥쳐."

살려 달라는 루크의 말에도 나이젤은 단호한 얼굴로 답했다.

겨우 이 정도로 루크를 용서할 수 없었다.

조금 더 빡세게 굴릴 생각이었다.

그렇게 둘의 밤은 깊어 갔다.

*　　　　　*　　　　　*

다음 날.

나이젤은 다리안 영주를 비롯한 크림슨 용병단원들과 라그나에게 영지를 떠나겠다는 소식을 전했다.

그뿐만이 아니라 영지에서 최소한 해야 할 일들을 끝마쳤다.

나머지는 해리와 루크에게 맡기면 될 터.

'그들이면 믿을 수 있지.'

지난 한 달간 나이젤이 없을 때 노팅힐 영지의 내정을 운영한 사람들이었으니까.

그리고 오늘 나이젤은 오랜만에 한 인물을 자신의 집무실에 불렀다.

"무슨 일로 절 불렀습니까?"

나이젤은 눈앞에 있는 인물을 물끄러미 바라봤다.

전(前) 오십부장, 제임스.

나이젤이 외교부의 노예, 아니, 인재로 발탁한 인물이었다.

"그동안 잘 지냈나?"

"그럭저럭 지냈습니다."

제임스는 똥이라도 씹은 표정으로 나이젤을 바라보며 답했다.

나이젤 때문에 고생을 이만저만 한 게 아니었으니까.

영지군 오십부장에서 외교부로 꽂혀 들어간 것까지는 솔직히 나쁘지 않았다. 다만 외교부의 말단으로 들어갔다는 사실이 문제였다.

온갖 잡일을 해야 했기 때문이다.

"오늘 부른 건 다름이 아니라 이제 본격적으로 일을 해 줬으면 해서."

"예? 일이라면 이미 충분히 하고 있는데요?"

나이젤의 말에 제임스의 눈썹이 살짝 찌푸려졌다.

사실 말을 안 해서 그렇지 잡일뿐만이 아니라 성채 도시 외벽 보수 공사장까지 가서 벽돌을 나르는 일까지 했었다. 그런데 이 이상 더 무슨 일을 본격적으로 해 달란 말인가.

"이제 외교부 소속다운 일을 해야지? 언제까지 잡일만 하고 있을 거야?"

"……!"

순간 제임스의 눈이 번쩍 뜨였다.

나이젤이 본격적으로 일을 해 달라고 해서 동쪽 외벽에 쌓여 있는 몬스터 시체들을 치우는 일을 맡길 줄 알았다.

그런데 외교부다운 일이라니?

제임스는 긴장과 기대감이 깃든 표정으로 나이젤을 바라보며 입을 열었다.

"무슨 일입니까?"

"팬드래건 영지로 가서 찾아 주었으면 하는 게 있어."

나이젤의 대답에 제임스는 다소 김이 빠졌다.

무언가 중요한 일이라도 맡길 줄 알았는데 단순한 심부름 같았으니까.

"찾고 싶은 게 뭡니까? 사람? 아니면 물건?"

퉁명스럽게 대답하는 제임스의 말에 나이젤은 피식 웃어 보였다.

그리고 제임스에게 폭탄을 던졌다.

"그림자 늑대."

팬드래건 영지의 뒷세계에서 활약하고 있는 비밀 정보 조직.

하지만 그 실체는…….

위험하기 짝이 없는 암살자 집단이었다.

"설마 제가 아는 그 그림자 늑대들을 말하는 건 아니겠죠?"

제임스는 동그랗게 뜬 눈으로 나이젤을 바라봤다.

제임스 또한 그림자 늑대에 대해 어느 정도 알고 있었다.

정보전에 능통하며 돈만 준다면 누구든지 암살을 해 준다는 소문이 무성한 비밀단체였으니까.

그런 위험하기 짝이 없는 단체를 어째서 찾으라는 말인가?

"맞아. 그들과 접촉해 줬으면 해."

"무슨 그런 말도 안 되는 소리를…….."

제임스는 자기도 모르게 이마에서 흐르는 식은땀을 닦았다.

"애초에 그들이 어디에 있는지도 모르지 않습니까? 찾는 것도 힘들 텐데요?"

그들에 대한 이야기는 소문만 무성할 뿐 실체가 없었다.

괜히 비밀단체가 아닌 것이다.

그런데 대체 자신이 무슨 수로 그들을 찾아낸단 말인가?

하지만 나이젤은 아무렇지 않은 얼굴로 입을 열었다.

"팬드래건 영지에 있는 달빛 주점을 찾아가라."

"예?"

"그곳에 가면 그들과 접촉할 수 있을 거야."

"아니, 그게 무슨······."

"달빛 주점에서 그들과 접촉할 수 있는 암구호를 알려 주마."

나이젤은 놀란 표정으로 눈을 부릅뜨고 있는 제임스에게 그림자 늑대들과 접촉할 수 있는 암구호를 알려 주었다.

"잘 알아들었겠지?"

제임스는 믿기지 않는 표정으로 나이젤을 바라봤다.

"대체 어떻게 알고 계시는 겁니까?"

믿을 수 없었다.

노팅힐 영지에서 망나니 십부장이라고 경원시하던 나이젤이 설마 그림자 늑대들과 접촉할 수 있는 방법을 알고 있을 줄이야.

"그건 알 거 없고 실수나 하지 마."

"······."

제임스는 침을 삼켰다.

비록 지력이 10밖에 되지 않지만, 지금 상황이 얼마나 위험한지 알고 있었다.

"어째서 저한테 이런 비밀을 알려 주시는 겁니까?"

그림자 늑대들과 접촉할 수 있는 방법은 양날의 검과도 같왔다.

그들과 접촉하고 싶어 하는 자들은 별처럼 많았고, 그림자 늑대들 또한 자신들의 비밀 유지를 위해 접촉할 수 있는 방법을 최대한 제한하고 있었다.

그런데 그들과 접촉할 수 있는 방법을 변경 영지의 전 오십부장이 알고 있다고 한다면 어떤 일이 벌어질까?

결코 좋은 일은 아닐 것이다.

"네가 잘하는 일을 했으면 해서."

"그게 뭡니까?"

제임스의 반문에 나이젤은 피식 웃으며 말했다.

"농간."

제임스의 C급 고유 능력.

그 능력으로 노팅힐 영지군에서 정치질을 하며 해리와 같은 오십 부장 자리까지 올라갔다.

농간이 가지는 특징 중 하나가 바로 말발이 좋다는 사실이었으니까.

그 때문에 나이젤은 제임스의 고유 능력을 이용할 생각이었다.

"그림자 늑대들에게 협력을 얻어라."

"예?"

제임스는 말도 안 된다는 표정을 지었다. 그림자 늑대들이 어떤 집단인데 자신이 협력을 얻는단 말인가?

문제는 그뿐만이 아니다.

'지력이 20 정도이니 말이야.'

나이젤은 속으로 쓴웃음을 지었다.

제임스의 정치력은 60으로 전문가 수준이었지만 지력이 좀 낮은 편이었다.

그래도 처음 봤을 때보다 상당히 올라 있었다.

지력 10에서 20 정도로 말이다.

하지만 상대는 그림자 늑대들이었다.

아무리 정치력이 60이 넘고, 고유 능력 농간으로 화려한 말발을 구사한다고 해도 조금 버거울 수 있었다.

그래서 한 가지 무기를 더 쥐어 줄 생각이었다.

"이걸 그들에게 전해 주기만 하면 돼."

나이젤은 집무실 책상 위에 편지 하나를 올렸다.

"이건?"

"라그나의 인장이 담겨 있는 비밀 서한이다."

아무리 그림자 늑대들이 날고 긴다고 해도 세계 최강 용병단, 크림슨 미드나이트의 단장 라그나의 인장이 찍혀 있는 편지를 무시하진 못할 터.

"그리고 편지에는 그림자 늑대들의 비밀이 적혀 있지."

"아니, 이런 위험한 걸 그들에게 전해 주라는 말입니까?"

제임스는 어처구니없는 표정으로 나이젤을 바라봤다.

그림자 늑대들의 비밀이 적혀 있는 편지라니!

생각만 해도 정신이 아찔했다.

까딱 잘못하면 그림자 늑대들의 이빨에 목이 꿰뚫릴 수 있었으니까.

"그래. 이걸 전해 주면 협조적으로 나올 거다."

"그런……."

제임스는 고민에 빠졌다.

본능적으로 알 수 있었다.

지금 나이젤이 시키는 일은 굉장히 위험하다고.

그런 제임스의 생각을 나이젤 또한 알고 있었다.

"네 생각대로 이 일은 위험해. 그리고 굉장히 중요한 일이기도 하지. 노팅힐 영지의 생존이 걸려 있으니까."

"예? 그건 또 무슨 말입니까?"

제임스는 고개를 번쩍 치켜들며 나이젤을 바라봤다.

"그들은 내가 아는 한 슈테른 제국 최고 정보 조직이야. 앞으로 우리 영지를 지키려면 그들의 힘이 필요하지. 그래서 네 도움이 필요하다는 거다."

"제 도움이 말입니까?"

"그래. 네 능력으로 그들을 우리 편으로 만들어라. 아니면 최소한 그들과 좋은 관계를 만들기만 해도 돼."

크림슨 미드나이트 용병단이 세계 최강의 무력 집단이라면, 그림자 늑대들은 세계 최강의 정보 집단이다.

나이젤은 그들을 통해 슈테른 제국 내의 정보를 얻거나, 영주성에 숨어 있을지도 모르는 스파이들을 색출할 생각이었다.

'게임에서는 누가 스파이인지 나오지 않았으니까.'

그저 게임을 진행하다가 보면 성에 잠입한 스파이를 처단했다고만 나왔을 뿐이었다.

그 때문에 스파이가 누구인지 알 수 없었다.

그래서 그림자 늑대들의 도움을 받을 생각이었던 것이다.

"제가 할 수 있을까요?"

제임스는 불안한 표정을 지었다.

상대는 정보전에 능한 암살자 단체였으니까.

"너무 걱정하지 마. 그들은 절대 너한테 손을 대지 못할 테니까. 그리고 호위 기사로 데인이 따라갈 거다."

"데인이라면… 크림슨 용병단의 단원 아닙니까?"

"맞아."

데인 크라벨.

삼국지로 치면 장료에 해당하는 인물로 단원들 중에서 가장 강하다고 평가받고 있는 무장이었다.

[외교부 대사 제임스의 호감도가 20 상승합니다!]

[제임스가 당신에게 관심을 가지기 시작합니다.]

'나, 참.'

나이젤은 속으로 쓴웃음을 지었다.

크림슨 용병단에서 가장 실력이 좋은 데인을 호위로 붙여주겠다는 말에 제임스의 호감도가 올랐으니까.

이전까지만 해도 제임스는 호감도가 30 이하로 나이젤을 못마땅하게 생각하고 있었다.

그런데 단숨에 호감도가 20이 올라 40대가 되면서 관심을 보이는 사이로 발전하게 된 것이다.

또한, 나이젤은 편지 내용에 대해서도 간략하게 이야기해 주었다.

"그리고 편지에는 그림자 늑대들이 숨기고 있는 문제와 그 해결법이 무엇인지 내가 알고 있다고 적어 놓았어."

"예?"

나이젤의 말에 제임스는 놀란 표정을 지었다.

"대체 어떻게 그런 걸 알고 계시는 겁니까?"

"그건 기업 비밀이야. 아무튼 넌 그들과 접촉해서 편지만 전해 주면 돼. 편지 내용에 대해서는 모른다고 하고. 모든 건 내가 알고 있으니까 나와 만나서 이야기하면 된다고 말해 놔."

"그들이 납득할까요?"

아마 그림자 늑대들은 혼란스러워하고 믿으려 하지 않을 것이다.

하지만 결국 믿을 수밖에 없었다.

그들이 필사적으로 숨기고 있는 문제와 해결법까지 알고 있는 인물이 존재하고 있었으니까.

그뿐만이 아니라 편지에는 세계 최강 용병단, 크림슨 미드나이트의 단장 라그나 로드브로크의 인장까지 찍혀 있지 않은가?

"바보가 아닌 이상 믿겠지. 그리고 이제 알겠나? 너한테는 두 가지 무기가 있어. 라그나의 인장이 찍혀 있는 기밀 정보 편지와 크림슨 용병단의 데인이다. 내가 그들과 만나기 전에 이 두 가지를 이용해서 그림자 늑대들의 신뢰를 얻어라."

제임스의 정치력과 고유 능력이라면 충분히 그림자 늑대들을 포섭할 수 있을 터.

나이젤은 말없이 제임스를 바라봤다.

어느 정도 마음을 잡고 있는 그의 표정이 보였다.

그런 그에게 나이젤은 입꼬리를 치켜올리며 한마디 덧붙였다.

"그럼 기대하지, 제임스 대사."

"알겠습니다."

결국 나이젤이 내린 명령을 받아들이기로 한 모양인지 제임스는 고개를 숙이며 답했다.

그 직후, 나이젤의 시야에 시스템 메시지가 떠올랐다.

[노팅힐 영지의 외교관 제임스의 호감도가 5 상승했습니다.]

[외교관 제임스가 당신에게 호감을 가집니다.]

'호감이라.'

눈앞에 떠오른 메시지를 바라보며 나이젤은 속으로 실소를 흘렸다.

기대하겠다는 말 한마디에 호감도가 꽤 올랐으니까.

"그럼 전 이만 물러가 보겠습니다."

고개를 숙인 제임스는 그대로 몸을 돌려 나이젤의 집무실을 나갔다.

아무도 없는 집무실에서 나이젤은 손으로 턱을 괴었다.

'이제 시작일 뿐이야.'

첫 번째 에피소드 몬스터 플러드가 시작된 상황.

이제부터는 슈테른 제국 변경에서 시작되는 몬스터들의 대공습 속에서 영지를 강화시켜야 했다.

다행인 점은 몬스터 플러드가 시작되기 전에 어느 정도 밑 준비를 했다는 사실이었다.

미래에 문제가 될 노팅힐 성채 도시 내부의 뒷세계 조직들을 일망타진했고, 크림슨 용병단과 영지 보호 계약을 맺었으니까.

그 외에도 아리아를 시작해서 루크와 칼리언을 비롯한 비질란테 조직을 흡수했고, 드워프들에게 외벽 수리를 맡긴 것도 있었다.

하지만 이제부터는 보다 본격적으로 대륙 전역을 돌며 재야에 묻혀 있는 인재들을 영입해야 했다.

앞으로 다가올 전란의 시대에서 살아남아야 하니 말이다.

'나뿐만이 아니라 모두 함께.'

자신을 믿어 주는 사람들을 지키기 위해 나이젤은 영지를 부강하게 만들 생각이었다.

그래야 최종적으로 편한 삶을 영위할 수 있을 테니까.

그러기 위해 현재 나이젤이 가장 먼저 해야 할 일은…….

'우드빌 영지로 간다.'

정의롭고 충성심이 높은 강인한 무장, 다니엘 크라이튼을 영입하기 위해.

다음 날.

제임스에게 밀명을 내리고 노팅힐 영지에서 해야 할 최소한의 일을 마친 나이젤은 카테리나와 함께 우드빌 영지로 향했다.

*　　　　　*　　　　　*

키에에엑!

소름이 돋을 것 같은 기분 나쁜 괴성이 사방에서 울려 퍼졌다.

[1성 카오스 몬스터, 워킹 앤트.]

몸길이가 2미터에 달하는 거대한 개미의 모습을 한 카오스 몬스터들.

워킹 앤트들은 카오스 하운드들이 그러했듯이 등에 소름끼치는 촉수가 돋아나 하늘하늘 흔들리고 있었다.

카오스 몬스터의 촉수는 상대의 생명력과 마력을 흡수하기 위해 고안된 생체 기관이었으니까.

두두두두두두!

어마어마한 숫자의 1성 카오스 워킹 앤트들이 푸른 하늘 아래에서 평원 위를 질주하고 있었다.

마치 검은 물결 같았다.

그리고 선두는 이미 목적지에 도착해서 전투 중이었다.

"쏴, 쏴라!"

"절대로 벽을 넘지 못하게 막아라!"

우드빌 영지의 중심부에 있는 성채 도시 외벽.

그 위에서 우드빌 영지군이 고래고래 고함을 지르며 워킹 앤트들을 상대하고 있었다.

우드빌 영지군의 궁병들이 쏘는 화살에 몸이 꿰뚫려 죽거나 벽을 타고 올라왔다가 창에 찔려 떨어지는 워킹 앤트들이 제법 많았다.

하지만 그 숫자를 뛰어넘을 정도로 워킹 앤트의 수는 어마어마했다.

'지금은 버티고 있는 상황이지만……'

일반 병사로 강등당하고 외벽 수비병으로 배치되어 있던 다니엘은 외벽을 향해 달려드는 워킹 앤트들을 바라보며 눈살을 찌푸렸다.

그나마 우드빌 영지군이 몬스터들에게 주눅 들지 않고 열심히 싸워 주고 있는 덕분에 버티고는 있었다.

하지만 워킹 앤트들의 공세가 계속 이어진다면 언제까지 버틸 수 있을지 알 수 없었다. 병사들의 숫자와 체력은 한정되어 있으니까.

만약 워킹 앤트들에게 외벽이 뚫리게 된다면 어마어마한 피해가 생기고 말 것이다.

그렇기에 속이 탄 다니엘은 외벽 위에서 영주성을 돌아보며 소리쳤다.

"대체 지원군은 언제 오는 거냐!"

우드빌 영지군의 핵심이라고 할 수 있는 기사들이 전장에 없었다.

약 서너 명에 지나지 않지만, 기사와 병사의 무력 차이는 명백했으니까.

'이대로 가면 위험한데……'

다니엘은 속이 타는 심정으로 워킹 앤트들과 영주성을 번갈아 봤다.

그 무렵 우드빌 영지의 영주인 바론 남작은 다니엘이 애타게 기다리고 있는 로건을 비롯한 기사들과 함께 줄행랑을 치고 있었다.

$$*\qquad*\qquad*$$

우드빌 성채 도시에서 바론 남작이 줄행랑치기 약 두 시간 전.

도시 중앙 광장에서 바론 남작은 영지민들에게 연설을 했다.

어마어마한 숫자의 카오스 워킹 앤트 무리들의 공격이 시작된 지 얼마 지나지 않았을 때였다.

"모두 들어라! 다들 알고 있다시피 현재 우드빌 영지의 성채 도시가 몬스터들의 공격을 받고 있다! 하지만 나 바론 우드빌이 선언한다! 몬스터들은 단 한 마리도 도시 안에 들어오자 못할 것이라고! 그러니 안심하고 평소와 다름없이 생활하라!"

자신감이 넘치는 표정으로 바론 남작은 영지민들에게 소리쳤다.

용맹한 우드빌 영지군의 보호 아래 성채 도시가 지켜지고 있으니 걱정 말고 평소와 다름없이 생활하라고 말이다.

다른 누구도 아닌 영주의 말이었기에 영지민들은 믿었다.

그리고 그 결과는 처참했다.

"다, 다니엘 님!"

"도저히 벌레 놈들을 막을 수가 없습니다!"

계속되는 카오스 워킹 앤트들의 공세에 결국 우드빌 영지군이 밀리기 시작한 것이다.

그래도 우드빌 영지군은 잘 버틴 편이었다.

고작 150명 정도 되는 병사들이 수백 마리가 넘는 워킹 앤트들을 상대로 하루를 버텼으니까.

무엇보다 지리적인 요소도 컸다.

우드빌 성채 도시는 양옆이 협곡으로 둘러싸여 있는 천연 요새와 다름없었기 때문이다.

우드빌 성채 도시의 출입구는 단 두 곳으로 정문과 뒷문이 존재했다.

그 때문에 워킹 앤트들도 도시 정면에만 달려들고 있었기에 정문과 앞쪽 벽만 지키기만 하면 되었다.

노팅힐 영지군이 동쪽 외벽을 지킨 것처럼 말이다.

그리고 중앙 광장에서 연설을 펼친 바론 남작은 측근인 로건을 비롯한 일부 기사들을 호위로 대동하고 뒷문으로 몰래 빠져나간 상황이었다.

"막아! 무슨 일이 있어도 놓치면 안 된다!"

다니엘은 악을 썼다.

이미 하루 전, 바론 남작에게 기사들의 지원이 필요하다고 연락을 보냈다.

그들이 와도 눈앞에서 몰려오고 있는 몬스터들을 막을 수 있을지 없을지 장담할 수 없는 상황이었으니까.

그럼에도 기사들의 지원은 오지 않았다. 다만 바론 남작으로부터 명령서가 하나 하달되어 왔다.

무슨 일이 있어도 벽을 사수하라고.

기사들의 지원도 없이 영지군만으로 벽을 사수하라니!

'영주가 영지민을 버리다니.'

하루가 지난 현재 다니엘과 우드빌 영지군은 바론 남작이 몰래 성채 도시를 빠져나갔다는 사실을 알았다.

그때의 허탈감이란.

그뿐만이 아니라 영지군의 주력이라고도 할 수 있는 기사들도 함께 사라지고 없었다.

남은 건, 다니엘과 백 명 남짓한 영지군 병사들뿐.

"제길!"

벽 위에서 날뛰던 앤트 워킹 두 마리를 한 번에 처리한 다니엘은 이를 악물었다.

벽을 넘어온 워킹 앤트들 일부가 병사들을 뿌리치고 도시 내부를 향해 돌진하는 모습이 보였기 때문이다.

하지만 자신은 물론 영지군 병사들도 이곳에서 떠날 수 없었다.

벽을 잃는 순간 어마어마한 숫자의 워킹 앤트들이 도시 내부로 쳐들어올 테니까.

그렇게 되면 지금보다 워킹 앤트들을 처리하는 게 훨씬 더 까다로워진다.

'여기서 막아야 돼!'

그러니 무슨 일이 있어도 여기서 벽을 사수해야 했다.

하지만 워킹 앤트들의 파상 공세를 하루 동안 막아 낸 영지군 병사들의 체력은 이미 한계였다.

희생자도 상당수 나왔다.

거기다 병사들의 방어망을 뚫고 도시 내부로 뛰어드는 워킹 앤트들의 숫자가 점점 더 늘어나고 있었다.

그럼에도 누구 하나 도망치지 않았다는 사실은 칭찬할 만했다.

기사급 무력을 가진 다니엘이 있어 준 덕분이었지만.

키에엑! 키엑!

"꺄아아악!"

그때 외벽 위에 있던 다니엘의 귀에 어린 소녀의 비명 소리가 들려왔다.

'아직 사람이?'

이미 벽 근처에는 아무도 오지 말라고 경고를 내린 상황.

그뿐만이 아니라 성채 도시 사람들에게 피난 권고까지 내렸다.

하지만 문제는 시간이었다.

불과 하루 전에 바론 남작이 약을 팔아서 영지민들은 안전불감증에 빠져 있었다. 막연하게 우드빌 영지군이 몬스터들을 막아 줄 거라 생각하고 있었던 것이다.

실제로 이미 몇 번이나 우드빌 영지군은 몬스터들로부터 도시를 지켜 냈다.

하지만 그때와 지금은 차원이 달랐다. 그때는 소규모 무리였고, 지금은 군단이라고 칭해도 될 정도였으니까.

'아직 피난을 가지 못한 건가?'

피난 권고를 내린지 아직 몇 시간도 되지 않은 상황.

역시 미처 피난을 가지 못한 사람들이 상당수 있는 모양이었다.

"흐, 흐아아아앙!"

'젠장!'

다니엘은 다급해졌다.

벽 위에서 도시를 바라보자 백 미터 이상 떨어진 길거리에 주저앉아 있는 어린 소녀의 모습이 보였다.

그뿐만이 아니라 소녀 앞에서 워킹 앤트 한 마리가 낫 같은 앞다리를 치켜들고 있었다.

오직 기사급 무력을 가진 다니엘만이 알아차린 급박한 상황.

'아, 안 돼!'

다니엘은 이를 악물었다.

이대로 가면 저 소녀는 죽게 될 것이다. 앤트 워킹의 낫 같은 앞다리에 잔혹하게 찢겨져서.

하지만 소녀를 위해 다니엘이 할 수 있는 일은 아무것도 없었다.

그는 벽을 지켜야 했으니까.

성채 도시의 벽은 몬스터를 막기 위한 최후의 방어선이었다.

또한 다니엘은 현재 벽을 지키는 중심적인 인물이기도 했다.

그가 있었기에 영지군 병사들도 함께 있었으니까.

만약 다니엘이 이곳을 벗어난다면 병사들의 사기는 곤두박질 칠 것이고, 수많은 워킹 앤트들이 벽을 넘어 성채 도시로 기어들어 올 것이다.

지금 당장만 해도 다니엘은 벽 위에 기어 올라와 있는 워킹 앤트 세 마리를 도륙하고 있는 중이었다.

도저히 소녀를 구하기 위해 손을 뺄 수가 없는 상황.

그 때문에 창을 쥐고 있는 다니엘의 손에 힘이 들어갔다.

영지민들을 지키기 위해서 눈앞에 있는 몬스터들과 싸우고 있지만 정작 어린 소녀 하나 지켜 줄 수 없다니!

주르륵.

창을 움켜쥐고 있는 다니엘의 손에서 붉은 피가 흘러내렸다.

그렇게 눈앞에 있는 워킹 앤트들을 도륙하며 잠깐 고민하는 사이.

쩨애액!

백 미터가 넘는 거리에서 워킹 앤트의 낫 같은 앞다리가 바람을 가르는 소리가 유독 크게 들려왔다.

'아!'

눈앞에서 달려드는 또 다른 워킹 앤트들을 처리하며 다니엘은 이를 악물며 눈을 감았다.

분명 워킹 앤트의 앞다리에 소녀의 목이 날아갔을 거라 생각하면서.

그 순간.

콰아아앙!

어마어마한 굉음이 도시 내부에서 들려왔다.

"……!"

벽 위에서 워킹 앤트들을 상대하던 다니엘을 비롯한 우드빌 영지군 병사들은 화들짝 놀란 표정으로 도시 쪽을 돌아봤다.

그리고 그곳에서 뿌연 흙먼지가 치솟아 오르는 모습을 볼 수 있었다.

조금 전 다니엘이 지켜주지 못했던 소녀가 있던 장소였다.

*   *   *

"흠."

나이젤은 주위를 둘러봤다.

한참 전, 카테리나와 함께 성채 도시 우드빌에 도착했다.

분위기는 좋지 않았다.

어수선한 분위기에 사람들의 시선이 불안해 보였으니까.

하긴 그럴 수밖에 없었다.

"영주가 영지민을 버리다니."

나이젤은 혀를 찼다.

무능하다고 유명한 다리안 영주조차 영지민을 버리는 짓은
하지 않았다.

오히려 지키려고 했었지.

죽을지도 모르는데 영지민들을 구해야 한답시고 카오스 고블
린 챔피언을 향해 무작정 달려들던 다리안 영주.

그런 그가 죽는 모습을 보고 싶지 않았던 나이젤은 전투에 뛰
어들었다.

어찌 되었든 보스 몬스터인 카오스 고블린 챔피언을 쓰러뜨려
야 하는 상황이기도 했으니까.

'다리안 영주보다 못한 놈.'

이미 나이젤과 카테리나는 우드빌 영주성에 갔다 왔다.

다니엘의 얼굴을 볼 겸, 우드빌 영지의 주인인 바론 남작에게

인사를 하러 간 것이다.

그런데 영주성이 텅 비어 있는 게 아닌가?

영주성에는 아직 피난 가지 못한 시종들 몇 명밖에 남아 있지 않았다.

그들에게 나이젤은 바론 남작과 기사들이 영지를 버리고 줄행랑을 쳤다는 사실을 들었다.

그리고 다니엘을 비롯한 영지군들이 벽에서 몬스터들과 싸우고 있다는 이야기를 듣고 바로 발걸음을 옮겼다.

몬스터들이 쳐들어오고 있다는 벽을 향해.

"늦지 않았을까요?"

영주성에서 벽을 향해 달려가던 중, 카테리나가 걱정스러운 표정으로 입을 열었다.

"그렇지 않기를 바라야지. 혹시 모르니 미리 준비해 놔."

나이젤은 언제든 전투 태세로 들어갈 수 있게 까망이의 아공간 보관소에서 아다만타이트 건틀렛을 꺼냈다.

"네."

나이젤의 말에 카테리나 또한 고개를 끄덕이며 등에 메고 있던 창을 빼 들었다.

은빛 광택이 감도는 카테리나 전용으로 제작된 세련된 느낌의 장창.

심플한 디자인이었지만 노팅힐 영지에서 울라프가 아다만타이트 금속으로 제작한 레어 등급 무기였다.

그리고 카테리나는 평소 입고 다니는 메이드복 위에 가벼운 가죽 갑옷을 입고 있었으며, 나이젤 또한 가벼운 가죽 갑옷 위에 검은색 아공간 코트를 걸치고 있었다.

뀨!

이어서 나이젤의 그림자 속에 있는 까망이가 알겠다는 듯 귀여운 울음소리를 냈다.

까망이 덕분에 나이젤과 카테리나는 편하게 우드빌 영지로 올 수 있었다.

여행에 필요한 물품들을 까망이의 공간 보관소에 넣어 두었기 때문이다.

"서두르자."

나이젤은 점점 속도를 올렸다.

그리고 사거리에서 몸을 돌린 순간 나이젤의 눈에 개미처럼 생긴 카오스 몬스터에게 공격을 받기 직전인 소녀의 모습이 보였다.

단숨에 나이젤의 얼굴이 일그러졌다. 거리가 수십 미터는 되었기 때문이다.

거기다 이미 카오스 워킹 앤트가 낫 같은 앞발을 소녀를 향해 치켜들고 있는 상황.

나이젤은 재빨리 발밑에 임팩트를 발동시켰다.

[고유 능력 임팩트 20% 발동 승인.]

무상신법(無上迅法).

보법(步法), 질풍신보(疾風迅步)!

파앙!

발밑에서 터져 나오는 충격파를 타고 나이젤은 한 줄기 바람처럼 공간을 가로질렀다.

지면을 박차고 달리는 나이젤의 등 뒤로 뿌연 흙먼지가 엄청난 기세로 치솟아 올랐다.

그렇게 1초도 안 돼서 질풍처럼 수십 미터를 주파한 나이젤은 그대로 주먹을 내뻗었다.

무상투법(無上鬪法).

일식(一式), 파쇄붕권(破碎崩拳)!

콰아아앙!

나이젤의 건틀렛이 워킹 앤트의 몸통에 작렬했다.

그러자 워킹 앤트는 비명도 지르지 못하고 수십 미터가 넘게 튕겨져 날아가더니 성채 도시 외벽에 처박혀 들어갔다.

"괜찮니, 꼬마야?"

나이젤은 아래를 내려다봤다.

그곳에 이제 10살쯤 되어 보이는 귀여운 소녀가 울먹울먹한 표정으로 자신을 올려다보고 있었다.

"흐아아앙!"

결국 소녀는 나이젤의 다리에 찰싹 달라붙으며 울음을 터뜨렸다.

나이젤은 건틀렛을 벗은 손으로 괜찮다고 말하며 소녀의 머리를 쓰다듬어 주었다.

그리고 고개를 들고 벽을 바라봤다.

벽 위에서 뜨거운 시선이 느껴졌으니까.

다니엘 크라이튼.

고지식할 정도로 정의감이 넘치고 충성심이 깊은 강력한 힘을 가진 무장이 벽 위에서 나이젤을 뜨거운 눈으로 바라보고 있었다.

 그의 모습에 나이젤은 절로 미소가 지어졌다.

 멍청하기 짝이 없는 바론 남작은 어마어마한 실력을 가진 부하 장수를 내다 버렸다.

 그 덕분에 충성심이 강하고 강력한 무력을 가진 무장이 자유로운 상황.

 '다니엘 크라이튼, 넌 이제 내 거다.'

 나이젤은 작은 미소를 지었다.

 아마 딜런이 봤으면 몸을 흠칫거렸을 것이다.

 나이젤이 항상 사고를 칠 때마다 짓던 예의 그 미소였으니까.

Chapter

8

"리나, 이 애를 부탁해."

"예."

나이젤은 조금 전 구한 소녀를 뒤따라온 카테리나에게 맡겼다.

그리고 다니엘이 있는 벽을 향해 내달리기 시작했다.

이윽고 벽 앞에 선 나이젤은 지면을 박찼다.

쾅!

단숨에 수 미터를 뛰어오른 후, 벽을 타고 올라갔다.

"헉!"

"어떻게?"

눈 깜짝할 사이에 나이젤이 벽을 타고 올라오자 우드빌 영지군 병사들이 놀란 표정을 지었다.

무려 10미터에 가까운 높이의 벽을 나이젤이 뛰어올라 왔으니까.

하지만 나이젤은 오직 다니엘을 바라봤다.

사자 갈기처럼 휘날리는 푸른색 머리카락과 금색 눈을 가진 강인한 인상의 사내, 다니엘 크라이튼.

그 또한 우드빌 영지군 병사들처럼 놀란 표정으로 푸른 늑대 귀를 쫑긋거리며 나이젤을 바라보고 있었다.

"당신은?"

뒤늦게 다니엘은 나이젤의 정체를 알아차렸다.

"대체 어떻게?"

노팅힐 영지의 백부장이 눈앞에 있단 말인가?

철컥.

순간 나이젤은 허리에 찬 아다만트의 검집을 풀었다.

그러자 우드빌 영지의 병사 몇 몇이 움찔 놀라며 나이젤을 바라봤다.

그 순간.

스팟!

무상신법(無上迅法).

보법(步法), 전광석화(電光石火)!

눈 깜짝할 사이 나이젤은 아다만트를 빼 들고 다니엘의 곁에 다가가 있었다.

무상검법(無上劍法).

이식(二式), 섬광베기(殲光斬)!

번쩍! 스카가각!

눈부신 섬광과 함께 아다만트가 다니엘을 향해 휘둘러졌다.

키에에엑!

그리고 다니엘의 등 뒤에서 다가오고 있던 워킹 앤트 두 마리가 두 동강이 났다.

[2성 카오스 몬스터 하이드 워킹 앤트.]

은신 스킬로 몸을 투명하게 만들 수 있는 워킹 앤트들의 상위 개체.

상대에게 몰래 다가가 기습으로 암살하는 것이 전문인 카오스 몬스터였다.

"헉!"

우드빌 영지군 병사들은 물론 다니엘도 놀란 표정을 지었다.

설마하니 투명화 능력을 가진 워킹 앤트가 있을 줄은 몰랐으니까.

만약 일반 워킹 앤트들을 상대로 정신없이 싸우고 있을 때 기습을 당했으면 치명상을 입었을 수도 있었다.

그리고 문제는 그뿐만이 아니었다.

"아, 안 돼!"

순간 다니엘의 얼굴이 하얗게 질렸다. 투명화 능력을 가진 개체가 방금 전 나이젤이 쓰러뜨린 녀석들뿐이라고 생각할 순 없었으니까.

"무, 문을 확인해라!"

2성급 중에서도 하이드 워킹 앤트의 전투력은 약한 편에 속했다.

1성 워킹 앤트보다 조금 더 강한 정도이고 투명화 능력도 완벽하지 않았다.

자세히 보면 흐릿한 무언가가 있다는 사실을 알 수 있었다.

다만 문제는 이곳이 전장이고, 불과 조금 전까지 아무도 하이드 워킹 앤트의 존재를 모르고 있었다는 사실이었다.

1성 워킹 앤트들을 상대하느라 정신없는 사이, 대체 얼마나 많은 수의 하이드 워킹 앤트들이 넘어갔을지 알 수 없었다.

그리고 무엇보다.

덜컹! 끼이이익!

우드빌 성채 도시의 정문이 천천히 열리고 있었다.

"정문을 지키던 병사들이 없습니다!"

"정문 돌파! 정문 돌파!"

뒤늦게 정문을 확인한 병사들이 비명처럼 보고를 해 왔다.

'마물 주제에 조직적인 움직임을 보인다고?'

다니엘은 섬뜩함을 느꼈다.

워킹 앤트들은 그저 벽을 타고 기어 올라오려고 했을 뿐이었다.

그 덕분에 어떻게든 상대를 할 수 있었다. 벽 높이만 해도 10미터에 가까웠으니까.

그런데 벽에 신경 쓰는 사이, 설마 정문을 지키는 병사들을 처리하고 문을 열어 버릴 줄이야!

워킹 앤트들의 양동 작전에 완벽하게 걸려든 것이다.

이제 정문이 열려 버렸으니 아직 엄청나게 남아 있는 워킹 앤들이 물밀 듯이 밀려올 터!

참담한 현실에 다니엘은 눈앞이 캄캄해졌다.

이 사태를 대체 어떻게 해야 할지 막막했으니까.

"다니엘 크라이튼."

그때 생각지도 못한 사태에 당황하고 있는 다니엘과 우드빌 병사들 사이에서 나이젤의 목소리가 나직하게 울려 퍼졌다.

"정문은 나에게 맡겨라. 벽은 너에게 맡기지."

"그게 무슨?"

다니엘은 어처구니없는 표정으로 나이젤을 바라봤다.

이제 곧 정문을 통해 최소 수십 마리에서 수백 마리가 넘는 워킹 앤트들이 밀려들어올 것이다.

그런데 그걸 막겠다고?

"무슨 일이 있어도 정문은 내가 막아 주마."

그 말을 남긴 나이젤은 외벽에서 뛰어내렸다.

그리고 나이젤의 입가에 미소가 걸려 있었다. 눈앞에 호감도 메시지가 떠올랐으니까.

[다니엘 크라이튼의 호감도가 10 상승합니다. 호감도가 40이 되었습니다. 다니엘이 당신에게 호감을 가집니다.]

쿵!

한쪽 무릎과 손을 지면에 대며 착지한 나이젤은 자리에서 일어섰다.

"그럼."

나이젤은 정문 쪽을 바라봤다.

이미 정문은 거의 다 열린 상황.

벌써부터 워킹 앤트 몇 마리가 정문에서 고개를 들이밀고 있었다.

무상신법(無上迅法).

보법(步法), 질풍신보(疾風迅步)!

팟!

이윽고 나이젤은 바람처럼 정문을 향해 내달렸다.

눈 깜짝할 사이에 나이젤은 정문에 다다랐다.

그리고.

무상투법(無上鬪法).

이식(二式), 무상선풍퇴(無上風腿).

달리던 기세 그대로 지면을 박찬 나이젤은 공중에서 몸을 회전시키며 워킹 앤트의 안면에 돌려차기를 먹였다.

퍼억!

키에에엑!

안면을 차인 워킹 앤트는 비명을 지르며 나가떨어졌다.

이어서 나이젤은 정문에 몰려 있던 워킹 앤트들을 향해 아다만타이트 합금 건틀렛과 부츠를 휘둘렀다.

하지만 워킹 앤트들은 정문 옆이나 위에도 달라붙어 있어서 제거하기가 쉽지 않았다.

"브레이크 임팩트 출력 15% 해제!"

[퍼스트 어빌리티, 브레이크 임팩트 출력 15% 한정 기동 승인.]

브레이크 임팩트의 기본 특성은 장비 파괴이지만, 그 외에도 전방을 향해 충격파를 발산시킬 수 있었다.

우우우웅!

이윽고 나이젤의 건틀렛에서 15% 출력의 충격파가 터져 나왔다.

그 상태에서 나이젤은 주먹을 쥐고 양손을 맞부딪쳤다.

엑스트라 어빌리티(Extra Ability), 스매쉬 임팩트(Smash Impact)!

콰아아아아아앙!

전방을 향해 어마어마한 충격파가 터져 나갔다.

엑스트라 어빌리티는 나이젤이 고유능력 임팩트를 응용해서 만든 공격 기술이다.

오직 순수하게 고유 능력 임팩트를 사용한 기술만이 해당된다.

무공 초식이나 스킬에 충격파를 실어서 공격하는 방법은 해당되지 않는다.

지금처럼 양 주먹을 부딪쳐 충격파를 발산시키는 스매쉬 임팩트가 대표적이라고 할 수 있었다.

이전에도 충격파로만 적들을 날려 버리거나 했었지만 엑스트라 어빌리티는 생기지 않았다.

하지만 최대 75%까지 출력을 해방시키고 그동안 쌓아온 숙련도 덕분인지 엑스트라 어빌리티가 생겨났다.

다른 어빌리티들처럼 스킬과는 계통이 다르며 슬롯을 비롯한 전공 포인트와 등급도 없었다.

오직 순수하게 임팩트의 출력에 따라 위력을 조절할 수 있으며, 나이젤의 기량에 따라 다양한 엑스트라 어빌리티들을 만들어 낼 수 있었다.

'좋아!'

나이젤은 만족스러운 미소를 지었다.

스매쉬 임팩트 덕분에 정문에 몰려와 있던 수많은 워킹 앤트들이 튕겨져 날아갔기 때문이다.

키익! 키에엑!

그럼에도 여전히 워킹 앤트들은 너무나 많았다.

단순 전투력만 놓고 본다면 워킹 앤트는 같은 등급인 하운드보다 약했다.

하지만 숫자가 너무 많았다.

"놈들이 계속 몰려옵니다!"

"땅속에서 기어 나오고 있습니다!"

정문이 있는 벽 위에서 비명 같은 우드빌 병사들의 보고가 들려왔다.

나이젤은 전방을 바라봤다.

역시나 병사들의 말대로 저 멀리 평원의 땅속에서 워킹 앤트들이 기어 나오고 있었다.

'이거 설마 지하에 개미굴이라도 있는 거 아니야?'

워킹 앤트들의 모습이 거대한 개미처럼 생겼기에 충분히 가능성이 있는 상황이었다.

'그리고 대체 카오스 몬스터들은 정체가 뭐지?'

게임에서는 보지 못한 마수들.

설마 우드빌 영지를 습격하러 온 마수들도 카오스 계열 몬스터일 줄이야.

'일단 정문부터 지킨다.'

나이젤은 오른쪽 다리에 마나를 집중시켰다.

스매쉬 임팩트로 워킹 앤트들을 날려 버린 지 얼마 되지도 않았는데 벌써 또 몰려들고 있었으니까.

"이번엔 이건 어떠냐?"

나이젤은 마나를 집중하고 있던 다리를 치켜들었다.

[퍼스트 어빌리티, 브레이크 임팩트 출력 30% 한정 기동 승인.]

웅! 웅! 웅!

나이젤의 오른 다리에서 충격파가 맥동 치기 시작했다.

엑스트라 어빌리티(Extra Ability).

그라운드 임팩트(Ground Impact)!

쾅!

나이젤은 발로 지면을 내려찍었다.

콰지지지직!

그 순간 나이젤 앞으로 지면에 방사형 모양의 금이 가는 게 아닌가.

이윽고 갈라진 금은 정문을 향해 달려드는 워킹 앤트들을 덮쳤다.

키익? 키이익?

돌연 지면에 거미줄 같은 금이 생겨나자 다리가 빠져 버린 워킹 앤트들이 허둥대는 모습을 보였다.

다만, 문제는 워킹 앤트들의 숫자가 많았다. 다리가 빠진 녀석들의 몸을 밟고 오르며 워킹 앤트들이 진격해 오기 시작한 것이다.

하지만.

콰콰콰콰콰콰쾅!

갈라진 금 사이로 어마어마한 충격파가 솟구쳐 올랐다.

키엑! 키에엑!

갑작스러운 사태에 워킹 앤트들은 비명을 내지르며 수십 미터 넘게 허공을 날았다.

그라운드 임팩트는 지면에 거미줄과 같은 방사형 금을 만들어 충격파를 터뜨리는 기술이었다.

덕분에 정문을 향해 몰려오던 워킹 앤트들은 또다시 속절없이 튕겨 날아가며 땅바닥에 처박혔다.

[1성 카오스 몬스터 워킹 앤트들을 처치하셨습니다. 보상으로 1마리당 전공 포인트 150을 지급합니다.]

워킹 앤트들을 쓰러뜨리자 나이젤의 시야에 시스템 메시지가 떠올랐다.

'보상은 카오스 하운드 녀석들이랑 같네.'

트리플 킹덤에서 일반 1성 몬스터를 잡으면 100전공 포인트를 받는다.

그 점은 이 세계도 같았다.

하지만 몬스터 플러드가 시작되고 카오스 몬스터를 잡았더니 전공 포인트를 1.5배 받았다.

보스급 몬스터도 마찬가지였다.

거기다 몬스터 플러드 1차 웨이브를 막으며 스페셜 데스 블로우 스킬인 초음속 돌진기, 드래곤 버스터도 각성했다.

덕분에 무려 5만 전공 포인트를 한 번에 받았고 어마어마한 숫자의 카오스 몬스터들을 때려잡으면서 수만 포인트를 벌어들였다.

그리고 크림슨 용병단과 계약 연장을 하면서 1만 전공 포인트를 받았고, 최초로 이종족 드워프들을 영입하면서 1만 전공 포인트를 받았다.

또한, 1차 웨이브 전에 토벌한 일반 몬스터들도 꽤 되었다.

그 덕분에 현재 나이젤의 전공 포인트는 약 10만이 넘었다.

"끈질긴 놈들이네."

그라운드 임팩트로 수십 마리의 워킹 앤트들을 날린 나이젤은 평원을 바라봤다.

또다시 땅속에서 기어 나온 수십 마리 정도 되는 워킹 앤트들이 정문을 향해 달려오는 모습이 보였다.

'지하에 있는 개미굴을 어떻게 해야 될 거 같은데.'

나이젤은 눈살을 찌푸렸다.

개미굴을 막든가, 부수든가 하려고 해도 정문에서 벗어날 수 없었다.

개미굴을 부수는 사이 워킹 앤트들이 정문을 통과할 수 있었기 때문이다.

"나이젤 님!"

그때 등 뒤에서 나이젤을 부르는 가는 목소리가 들려왔다.

뒤를 돌아본 나이젤은 입가에 가벼운 미소를 띠었다.

"리나, 정문을 지켜라. 개미 한 마리 통과시키지 마."

"예?"

나이젤이 맡긴 어린 소녀를 보호자에게 맡기고 달려온 카테리나는 숨을 몰아쉬다가 놀란 표정을 지었다.

"맡긴다."

하지만 나이젤은 놀란 표정의 카테리나를 뒤로했다.

상대는 1성 카오스 몬스터.

거기다 하운드보다 약하다.

비록 수가 많기는 하지만 지금 카테리나의 실력이라면 워킹 앤트들을 막는 건 손쉬운 일이었다.

'그럼.'

나이젤은 개미굴이 있을 평원을 노려보며 자세를 낮췄다.

잠시 후.

파아아앙!

날카로운 파공성과 함께 나이젤의 모습이 사라졌다.

*   *   *

다그닥! 다그닥!

좁은 비탈길을 따라 말 여러 마리와 마차가 달리고 있었다.

'빌어먹을 마수 놈들.'

달리는 마차 안에서 바론 남작은 속으로 열불을 삼켰다.

거대한 개미처럼 생긴 마수들 때문에 영지를 버리고 도망쳐야 했으니까.

'하지만 어쩔 수 없지.'

로건의 보고에 따르면 도망치는 게 상책이었다.

도저히 우드빌 영지군의 전력으로는 막을 수 없을 것 같았기 때문이다.

로건과 같은 기사들이 있어도 마찬가지였다. 왜냐하면 눈에 보이는 것만이 전부가 아니었으니까.

'만약 그게 움직이기 시작한다면……'

바론 남작은 몸을 떨었다.

로건이 발견한 지하에 잠자고 있는 미지의 존재.

아무리 숫자가 많다고 해도 워킹 앤트들뿐 만이었다면 영지를 버릴 생각은 하지 않았을 것이다.

하지만 그놈이 움직인다면 이야기는 달라진다.

로건의 보고에 의하면 상당한 크기를 가진 미지의 몬스터라고 했었으니까.

'최대한 내륙 쪽으로 가야 돼.'

그 존재가 얼마나 강한지는 정확히 파악할 수 없었다.

다만, 만일의 사태에 대비해 가족들과 함께 기사들을 이끌고 피난을 가기로 했다.

그리고 혼란을 피하기 위해 영지민들에게는 안심하고 일상생활을 보내라는 연설까지 했다.

모든 건 자신들이 안전하게 도망을 치기 위해.

'그분의 도움을 받아야겠군.'

오래전부터 바론 남작은 중앙 귀족들과 연을 만들기 위해 노력해 왔다.

중앙 대귀족의 눈에 잘 보이기 위해 뇌물은 기본이고 온갖 아부를 해왔다.

그리고 이제 그 빛을 발할 때가 온 것이다.

대귀족에게 지원군을 요청해서 다시 우드빌 영지를 되찾을 생각이었으니까.

'내 영지를 구하는 것은 바로 나다.'

바론 남작은 속으로 일그러진 미소를 지었다.

*　　　　　*　　　　　*

콰콰콰쾅!

1성 워킹 앤트들이 끊임없이 기어 나오던 개미굴에서 어마어마한 충격파가 터져 나왔다.

키에에엑!

그와 함께 워킹 앤트들 또한 땅속에서 하늘 높게 솟구쳐 올랐다.

투두둑!

충격파로 인해 다리 몇 개가 날아간 워킹 앤트들이 땅바닥에 떨어져 내렸다. 땅에 떨어진 워킹 앤트들은 더 이상 움직이지 않았다.

절명한 것이다.

'대충 정리가 된 거 같은데.'

나이젤은 주변을 둘러봤다.

개미굴을 두들기기 시작한 지 시간이 꽤 흘렀다.

그동안 다니엘은 벽 위에서 병사들과 함께 워킹 앤트들을 상대했으며, 카테리나는 정문을 닫고 농성 중이었다.

그리고 나이젤은 혼자 평원을 가로지르며 워킹 앤트들을 몰살하며 개미굴까지 파괴했다.

그 덕분에 땅속에서 끊임없이 기어 나오던 워킹 앤트들의 수는 눈에 띄게 줄어들어 있었다.

쿠웅!

"……!"

순간 나이젤이 서 있는 평원 전체가 뒤흔들렸다.

콰아아아아아앙!

얼마 지나지 않아 땅속에서 거대한 검붉은 다리 하나가 솟구쳐 올라왔다.

쿠르르릉!

그뿐만이 아니라 지면이 갈라지는가 싶더니 싱크홀 같은 커다란 구멍이 생겨났다.

그리고 그 구멍의 중심에서 어마어마한 크기의 몬스터가 모습을 드러냈다.

[4성 카오스 보스 몬스터 그랜드 앤트 퀸]

여왕개미처럼 생긴 무려 10미터에 달하는 대형 보스 몬스터.

거기다 배 끝에 달려 있는 반투명한 점막질 같은 관에서 거대한 개미 알이 흘러나오고 있었다.

"이건 또 무슨?"

나이젤은 놀란 표정으로 그랜드 앤트 퀸을 바라봤다.

설마 지하에 이런 거대한 몬스터가 숨어 있었을 줄이야.

그리고 로건이 발견한 몬스터가 바로 그랜드 앤트 퀸이었다.

하지만 로건은 몬스터의 정체까지 알지 못했다.

단지 지하에 무언가 알 수 없는 강렬한 마나를 가진 거대한 몬스터가 있다는 사실을 인지했을 뿐이었으니까.

수많은 워킹 앤트들과 지하에 웅크리고 있는 미지의 마수까지.

그것들을 다 상대하기에는 위험하다고 판단한 로건과 바론 남작은 영지를 버리고 도망치기로 결정을 내린 것이다.

[그랜드 앤트 퀸]
[등급] 4성 보스.
[타입] 스피드.
[능력치]
무력: 80, 통솔: 70.
지력: 65, 마력: 50.
[특기] 알 생산(A), 친위대 소환(A), 비행(A), 물기(A), 강산(B).

'골치 아프네.'

그랜드 앤트 퀸의 상태창을 확인한 나이젤은 절로 한숨이 나왔다.

역시 4성 보스답게 상당히 강한 데다가 까다로운 특기들을 가지고 있었기 때문이다.

그나마 다행인 점은 같은 4성 보스였던 중급 마족 파이런보다 무력이 낮다는 정도.

확실히 무력만 놓고 본다면 4성 보스들 중에서 약한 편이었다.

다만 10미터나 되는 거체와 수많은 워킹 앤트들, 그리고 친위대 소환과 비행 특기 때문에 상대하기 까다로워 보였다.

심지어 지금 이 순간에도 앤트 퀸은 개미 알을 낳고 있었다.

지면에 올라온 지 불과 몇 분도 되지 않았는데 벌써 개미 알은 수십 개가 넘었다.

키엑! 키에엑!

그뿐만이 아니라 알에서 워킹 앤트들이 태어나고 있는 중이었다.

정말 어마어마한 번식률이 아닐 수 없었다.

'이거 놓치면 위험하겠는데?'

그랜드 앤트 퀸이라면 불과 며칠 만에 수천, 수만 마리의 앤트 군단을 만들게 될지도 몰랐다.

나이젤은 지금 이곳에서 앤트 퀸을 잡기로 결정을 내렸다.

키아아아아아!

그때 돌연 앤트 퀸이 괴성을 내질렀다. 특기 중 하나인 친위대 소환을 사용한 것이다.

키아아악!

불쑥불쑥!

앤트 퀸의 괴성에 맞춰 지면에서 검은 머리를 가진 앤트들이 고개를 내밀었다.

[3성 카오스 몬스터 솔져 앤트]

"일개미에 이어 병정개미인가?"

약 열 마리에 달하는 솔져 앤트들의 등장에 나이젤은 혀를 찼다.

솔져 앤트들의 몸 크기는 무려 워킹 앤트보다 두 배나 더 컸다. 거의 4~5미터 정도는 되었으니까.

이윽고 앤트 퀸이 불러낸 열 마리의 솔져 앤트들이 앞을 가로막았다.

"성가신 놈들."

나이젤은 자세를 낮추며 아다만트를 움켜쥐었다.

무상검법(無上劍法).

삼식(三式), 공간참(空間斬)!

번쩍!

아다만트 특유의 검은 궤적이 공간을 갈랐다.

스카가가갓!

단 일 검에 나이젤 앞을 가로막던 솔져 앤트 두 마리의 머리가 허공을 날더니 땅바닥에 떨어졌다.

직후, 나이젤은 번개처럼 솔져 앤트들을 향해 뛰어들었다. 무상신법 세 번째 걸음, 전광석화였다.

스스슥!

솔져 앤트들 사이를 누비는 나이젤의 모습은 흐릿했다.

유운보로 고속 이동을 하고 있었기 때문이다.

그리고 아다만트가 검광을 번쩍일 때마다 솔져 앤트들의 몸들 또한 두 동강, 세 동강이 났다.

후우우우웅!

그때 그랜드 앤트 퀸이 날개를 부르르 떨더니 홰를 치기 시작했다.

'공중을 장악할 셈인가?'

나이젤은 눈살을 찌푸렸다.

아무래도 앤트 퀸은 솔져 앤트들과 워킹 앤트들이 지상을 상대하는 사이 공중에서 공격할 생각인 모양이었다.

"그렇게는 안 되지."

[용의 날개를 개방합니다.]

파앗!

나이젤은 이제 막 비행 준비를 마친 앤트 퀸을 바라보며 용의 날개를 활짝 펼쳤다.

뀨!

그리고 까망이가 그림자로 용의 날개를 감싸 숨겼다.

펄럭!

마치 거대한 그림자 날개가 나이젤의 등 뒤에서 솟구쳐 나와 보였다.

키에에엑!

그사이 10미터에 달하는 거대한 체구의 앤트 퀸은 이미 하늘로 날아오르고 있었다.

키에에엑!

그에 발맞춰 나머지 솔져 앤트들이 사방에서 나이젤을 향해 달려들고 있는 상황.

나이젤은 다리를 굽혔다.

[임팩트 출력 20% 한정 기동 승인.]

콰앙!

이윽고 발밑에 충격파를 터뜨리며 나이젤은 지면을 박찼다.

그와 동시에 지면에 크레이터가 생겨나며 달려들던 솔져 앤트들을 그대로 튕겨냈다.

그리고 나이젤은 빛살처럼 앤트 퀸을 향해 날아올랐다.

키에에엑!

이제 막 수 미터 정도 공중에 날아오른 앤트 퀸은 등 뒤에서 다가오는 나이젤을 향해 입에서 강산을 쏘아 냈다.

"더럽게 침을 뱉냐?"

눈살을 찌푸린 나이젤은 몸을 회전하며 강산을 피해 냈다.

그리고 날개를 펄럭이며 앤트 퀸보다 더 빠르게 날아올라 위를 잡았다.

어느 정도 올라간 나이젤은 머리를 아래로 숙이고 지면을 향해 낙하하기 시작했다.

파앙! 쌔애액!

그뿐만이 아니라 발밑에 임팩트를 발생시켜서 낙하 가속 속도를 상승시켰다.

그러자 어마어마한 속도로 나이젤은 앤트 퀸을 향해 떨어져 내렸다.

퍼억!

키에에엑!

나이젤의 발이 등 중앙에 내리꽂히자 앤트 퀸은 비명을 내질렀다.

10미터나 되는 거대한 몸이 출렁 거릴 정도로 강렬한 일격!

하지만 크기가 크기인 만큼 나이젤의 공격을 버텨 냈다.

"역시 이 정도로는 안 되나?"

앤트 퀸의 몸이 뒤흔들릴 정도로 타격을 입혔지만 여전히 공중에 떠 있었다.

키엑! 키에에엑!

그뿐만이 아니라 괴성을 내지르며 몸을 뒤집거나 마구 흔들었다.

등에 붙은 나이젤을 떨쳐 내기 위해.

하지만 나이젤은 앤트 퀸의 등에 나 있는 잔털을 꽉 움켜쥐고 버텼다.

10미터나 되는 덩치 덕분에 나이젤이 버틸 수 있을 정도로 잔털은 크고 억셌으니까.

그렇게 한동안 뒤집힌 상태로 날던 앤트 퀸은 다시 몸을 바로 세웠다.

'지금이다!'

그 순간 나이젤은 아다만트를 치켜들었다.

[세컨드 어빌리티, 디스트럭션 임팩트 50% 한정 기동 승인.]

우우웅!

아다만트가 진동하며 충격파를 내뿜기 시작했다.

그 상태에서 나이젤은 아다만트를 앤트 퀸의 등에 찔러 넣었다.

푸우욱! 콰아아아앙!

앤트 퀸의 등 깊숙이 들어간 아다만트에서 디스트럭션 임팩트가 터졌다.

디스트럭션의 특성은 내부 파괴.

즉, 방어 무시 대미지를 줄 수 있다는 소리였다.

그런데다 지금 디스트럭션 임팩트는 앤트 퀸의 등 속에서 터진 상태였다.

아무리 덩치가 큰 대형 몬스터라고 해도 등 안에서 터지는 방어 무시 충격파를 버티기란 쉽지 않았다.

크에에에에엑!

앤트 퀸의 쩌렁쩌렁한 비명이 하늘 위에서 터져 나왔다.

그리고 앤트 퀸의 힘이 빠졌다는 사실을 느낄 수 있었다.

양옆에서 진동하듯 움직이고 있는 날개가 상당히 느려져 있었으니까.

촤악!

아다만트를 뽑자 앤트 퀸의 초록색 체액이 튀어나왔다.

후웅!

저출력 임팩트를 발동한 나이젤은 아다만트를 한차례 휘둘러 초록색 체액을 털어 낸 다음 납검했다.

그 직후.

무상검법(無上劍法).

영식(零式) 개(改).

발검(拔劍) 무명베기(無明斬)!

영식 발검의 강화판.

발검 무명베기를 시전한 아다만트가 허공에 검은 궤적을 남겼다.

그리고 어느 샌가 아다만트는 다시 검집으로 돌아와 있었다.

철컥.

아다만트를 검집 끝까지 밀어 넣자 금속 이음매가 맞물리는 소리가 울려 퍼졌다.

파사사사삭!

뒤늦게 앤트 퀸의 반투명한 날개가 산산조각이 났다. 등과 날개를 이어주는 근육을 잘라냈기 때문이다.

키에에에엑!

날개가 박살이 난 앤트 퀸은 구슬픈 비명을 지르며 천천히 떨어져 내리기 시작했다.

나이젤은 재빨리 앤트 퀸의 등을 박차 올랐다.

펄럭!

그리고 용의 날개를 활짝 펼치며 공중에 정지했다.

그사이 날개를 잃은 앤트 퀸은 지면을 향해 곤두박질치고 있었다.

나이젤은 앤트 퀸을 향해 오른 손바닥을 펼치며 내밀었다.

[라스트 어빌리티, 익스터미네이션 임팩트 75% 현존 최대 출력 기동 승인!]

우우우우웅!

나이젤이 앞으로 내민 아다만트 건틀렛에서 은은한 충격파가 맥동 치듯 흘러나왔다.

그 상황에서 나이젤은 입을 열었다.

"익스터미네이트."

나직한 나이젤의 목소리가 울려 퍼진 순간.

콰콰콰콰콰콰!

아다만트 건틀렛에서 지향성 초진동 충격파가 앤트 퀸을 향해 날아들었다.

[축하합니다! 당신은 4성 카오스 보스 그랜드 앤트 퀸을 처치하셨습니다! 보상으로 6,000전공 포인트를 지급합니다.]

[당신은 다른 영지의 사람들을 절망에서 구원해 주었습니다. 명성이 500 오릅니다.]

공중에서 떨어지던 앤트 퀸은 나이젤이 날린 익스터미네이션 임팩트를 버티지 못했다.

그대로 지면에 처박히며 뻗어 버렸다.

그리고 앤트 퀸이 쓰러지자 시스템 메시지가 주르륵 떠올랐다.

'끝났구나.'

긴장이 풀린 나이젤은 몸에서 힘이 쭉 빠졌다.

하지만 여전히 자리에 우뚝 선 채 주변을 둘러봤다.

얼마 남아 있지 않던 워킹 앤트들은 우두머리가 죽자 사방으로 흩어지며 사라졌다.

전투가 끝난 것이다.

와아아아아아아!

앤트 퀸이 쓰러지자 우드빌 영지의 성채 도시 벽에서 병사들의 환호성이 울려 퍼졌다.

절망적인 상황에서 구원받았으니까.

특히 다니엘은 주먹을 꽉 움켜쥔 채로 벽 아래에 홀로 고고히 서 있는 나이젤을 내려다봤다.

'혼자서 저걸 쓰러뜨리다니!'

과연 자신이라면 저 거대한 마수를 쓰러뜨릴 수 있을까.

솔직히 자신도 1:1로 싸운다면 상대하지 못할 정도는 아니었다.

다만, 상성이 좋지 않았다.

그랜드 앤트 퀸은 다니엘이 상대하기 어려운 비행형 마수였으니까.

자유롭게 하늘을 날아다니는 비행형 마수를 상대로 다니엘이 가진 수단은 극히 한정적이었다.

활을 쏘거나, 창을 던지는 게 고작이었을 테지.

'나였다면 저렇게 빨리 쓰러뜨릴 수 있었을까?'

불가능했다.

아니 쓰러뜨리지조차 못했을 수 있었다.

하지만 나이젤은 해냈다.

그리고 깨달았다.

'큰 빚을 지었구나.'

노팅힐 영지의 나이젤 백부장에게 큰 은혜를 입었다는 사실을.

실제로 나이젤은 다니엘이 구할 수 없었던 어린 소녀를 구해내기까지 했으니까.

다니엘은 벅찬 감정이 차올랐다.

그때 나이젤의 시야에 호감도 메시지가 떠올랐다.

[다니엘 크라이튼의 호감도가 대폭 상승합니다. 다니엘의 호감도가 80을 돌파했습니다! 다니엘이 당신에게 친밀감을 가집니다.]

눈앞에 떠오른 호감도 메시지를 확인한 나이젤은 아무도 모르게 입꼬리를 치켜올렸다.

*　　　　　*　　　　　*

전투가 끝나고 나이젤은 다니엘과 단둘이 마주했다.

"감사합니다."

다니엘은 곧바로 고개를 숙이며 감사의 말을 전해 왔다.

[다니엘 크라이튼의 호감도가 1 상승합니다. 다니엘이 당신에게 무한한 감사를 느낍니다.]

"대체 이 은혜를 어떻게 갚아야 할지……."

나이젤과 카테리나 앞에서 다니엘의 검은 털을 가진 늑대 꼬리가 좌우로 흔들리고 있었다.

기분이 좋다는 표시였다.

그런 그를 본 나이젤은 웃으며 입을 열었다.

"어려울 땐 서로 도와야 하지 않겠습니까?"

"정말 감사합니다."

그 말에 다니엘은 고개를 숙였다.

만약에 나이젤의 도움이 없었다면 우드빌 영지는 어떻게 되었을까?

분명 괴멸에 가까운 큰 피해를 입었을 것이다.

그만큼 앤트 퀸을 쓰러뜨린 나이젤의 공로는 컸다.

그뿐만이 아니다.

카테리나 또한 혼자서 워킹 앤트들을 상대하며 정문을 지켜 냈다.

'노팅힐 영지에 이런 인물들이 있었다니.'

문득 다니엘은 부끄러움을 느꼈다.

얼마 전 노팅힐 영지에 사절단으로 갔을 때가 떠오른 것이다.

당시 사절단 대표였던 로건은 무능하기로 소문난 다리안 영주를 우습게 보며 무시했었다.

그리고 다른 영지였다면 절대 하지 않았을 결례와 추태를 보이고 도망치듯 우드빌 영지로 돌아오지 않았던가.

그에 반해 눈앞의 두 명은 위험에 빠진 우드빌 영지의 사람들을 도와주었다.

'그릇이 다르다.'

다니엘의 마음에 씁쓸함이 감돌았다.

그동안 우드빌 영지에서는 노팅힐 영지와 다리안 영주를 무능하다며 무시하고 면박을 주었다.

그런데 정작 영지를 지켜야 할 로건과 기사들, 그리고 바론 남작은 지금 어디에 있는가?

다니엘은 바론 남작이 중앙 광장에서 연설한 내용을 듣고 분노했다.

그 당시 우드빌 영지군은 마수들을 상대로 유리한 상황이 아니었으니까.

까닥 잘못하면 성채 도시 주민들의 피해가 어마어마하게 날 수 있었다.

그런데 영지민들에게는 안심하라고 했으면서 정작 본인들은 영지를 버리고 도망을 치다니!

바론 남작이 우드빌 영지의 핵심 전력이라고 할 수 있는 기사들과 도망쳤다는 사실이 알려진 것은 반나절이 지나서였다.

보통 이런 상황이면 사기가 저하된 병사들이 도망치게 마련이었지만 다니엘이 있어 준 덕분에 도망치지 않았다.

그리고 이는 곧 우드빌 성채 도시를 지키는 결과로 이어질 수 있었다.

"그런데 이제 어쩔 생각입니까?"

나이젤은 다니엘을 바라봤다.

비록 개미처럼 생긴 카오스 몬스터들을 막아 냈지만 다음번에는 어떻게 될지 장담할 수 없었다.

하지만 가장 큰 문제는 따로 있었다.

"우선 피해 복구와 영지를 버리고 도망간 바론 남작에게 징계를 내릴 수 있도록 조치를 취할 생각입니다."

영지를 버리고 도망간 바론 남작을 떠올린 다니엘은 치를 떨며 말했다.

정의감과 의리가 높은 만큼 고지식한 성격이었기에, 그동안 바론 남작과 로건의 부조리한 행동을 눈감아왔다.

하지만 카오스 몬스터들이 쳐들어왔을 때 바론 남작이 한 행동은 선을 넘었다.

더 이상 두고 볼 수 없다고 생각하기 시작한 것이다.

'역시 이 정도 인식밖에 없나?'

하지만 다니엘의 말을 들은 나이젤은 속으로 쓴웃음을 지었다.

바로 이 사실이 문제였다.

예상한 대로 다니엘은 마수들에 대한 위기감이 없었다.

아마 다른 사람들도 마찬가지일 터.

그들은 마수들의 침공이 끝났다고 생각하고 있었다.

하지만 침공은 이제 막 시작되었을 뿐이다.

"아직 끝나지 않았습니다."

"예? 그게 무슨……?

다니엘은 의아한 표정으로 나이젤을 바라봤다.

"아직 영지를 노리는 마수들이 남아 있습니다."

"그게 정말입니까?"

나이젤의 말에 다니엘은 깜짝 놀란 표정으로 반문했다.

그리고 믿을 수 없다는 표정으로 나이젤을 바라보다가 이내 고개를 푹 숙였다.

나이젤의 말이 거짓이 아니라는 사실을 알았으니까.

"대책을 세워 놓아야 되겠군요."

어두운 표정이었지만 다니엘의 얼굴에는 희망이 깃들어 있었다.

지난번에는 아무런 준비도 없이 워킹 앤트들과 싸웠다.

그 때문에 예상보다 피해가 컸다.

하지만 충분히 대비를 해 놓는다면 이전보다 적은 피해로 막을 수 있을 터.

그뿐만이 아니다.

다니엘은 긴장한 얼굴로 조심스럽게 나이젤을 바라보았다.

"염치없지만… 저희를 도와주실 수 있으십니까?

그렇게 말하는 다니엘의 늑대 꼬리는 좌우로 격렬하게 움직이고 있었다.

비록 얼굴은 긴장감으로 굳어 있었지만, 꼬리는 그렇지 않던 것이다.

나이젤이라면 자신들을 또 도와줄 것이라는 걸 믿고 있었으니까.

하지만.

"죄송하지만 그럴 수 없겠네요."

나이젤은 다니엘의 부탁을 거절했다.

"그, 그렇습니까?"

단번에 다니엘은 시무룩해졌다.

쫑긋쫑긋거리며 서 있던 귀와 좌우로 격렬히 흔들리던 꼬리가 축 늘어졌다.

그 모습에 나이젤은 자기도 모르게 웃음이 났다.

풀 죽은 강아지 같았으니까.

'하지만 어쩔 수 없지.'

"저희가 도와준다고 해도 의미가 없어서요."

"예? 의미가 없다니 무슨 말입니까?"

의아한 표정으로 반문하는 다니엘에게 나이젤은 자세를 바로 했다.

그리고 심각한 어조로 입을 열었다.

"마수들의 침공은 계속될 겁니다. 슈테른 제국 변경 전역에 대규모 마수들이 발생 중이기 때문이죠. 앞으로 한두 번은 막아 낼 수 있겠지만 계속 되는 침공은 막을 수 없을 겁니다."

"그, 그게 무슨?"

다니엘은 경악한 표정을 지었다.

마수들의 침공이 계속 된다니?

이게 대체 무슨 소리란 말인가?

그리고 이어서 나이젤은 청천벽력 같은 말을 했다.

"우드빌 성채 도시를 버려야 할지도 모릅니다."

"……!"

그 말에 다니엘은 눈을 부릅떴다.

도저히 믿을 수 없는 상황.

"나, 나이젤 백부장님은 농담을 정말 좋아하시는군요."

다니엘은 현실을 부정했다.

단지 나이젤의 농담이기를 바라면서.

하지만.

"…농담이 아니시군요."

다니엘은 혼이라도 나간 것처럼 멍한 표정을 지었다.

그저 말없이 자신을 바라보는 나이젤의 푸른 눈에 현실을 인정할 수밖에 없었으니까.

"저도 차라리 그랬으면 좋겠지만 현실입니다. 성채 도시 주민들을 피난시켜야 합니다."

"피난, 피난이라. 정말 그것밖에 방법이 없는 겁니까? 저희 도시를 지킬 방법이 정말 없는 겁니까?"

다니엘은 매달리듯 나이젤을 바라보며 말했다.

하지만 나이젤은 천천히 고개를 저을 뿐이었다.

"후방으로 물러나야 합니다. 지금 우드빌 영지군의 상황으로는 도시를 지키기 힘듭니다."

다니엘은 이를 악물었다.

하지만 어쩔 수 없었다.

우드빌 영지군의 핵심 전력인 기사들이 빠져나간 상황이었고, 아무런 사전 대비도 없이 워킹 앤트들과 싸운 결과 적지 않은 피해를 입었으니까.

거의 반수가 죽거나 다쳤다.

그때 문득 다니엘은 한 가지 생각이 떠올랐다.

"그럼 노팅힐 영지는 어떻습니까? 노팅힐 영지도 내륙 쪽으로 피난을 갑니까?"

우드빌과 노팅힐 영지는 규모나 위치도 그리 크게 차이가 나지 않는다.

오히려 영지군 전력을 본다면 우드빌이 더 좋은 편이었다.

노팅힐 영지군은 빈말이라도 좋다고 하기에는 무리가 있었으니까.

적어도 다니엘은 그렇게 생각하고 있었다.

나이젤의 대답을 듣기 전까지는.

"아니요. 우리는 피난 가지 않습니다. 영지를 지킬 힘이 있으니까요."

나이젤은 자신감이 가득한 목소리로 답했다.

이 세계에서 정신을 차린 후, 몬스터 플러드를 막기 위해 얼마나 노력을 해왔던가?

영지 내에서 위협이 될 만한 뒷세계 조직들을 정리하면서 군사력을 증강시켰다.

거기에 드워프들을 고용해서 외벽 수리를 하였고, 무엇보다 세계 최강 용병단 크림슨 미드나이트를 고용했다.

준비 만전의 상황.

그뿐만이 아니라 노팅힐 영지의 전력을 증강시킬 여러 계획들이 있었다.

하지만 그 사실을 모르고 있는 다니엘은 멍한 표정으로 중얼 거렸다.

"영지를 지킬 힘이라니……."

대체 노팅힐 영지에 무슨 힘이 있다고 마수들을 막는단 말인가?

"우리 영지는 지금 이 사태를 막기 위해 준비를 해 왔습니다. 실제로 얼마 전 큰 피해 없이 마수들의 침공을 막아 내기도 했죠."

"마수들의 침공을 막아 내셨다고요?"

"예. 미리 대비를 하고 있었거든요. 드워프들과 용병들을 고용해서 준비를 해놓고 있었습니다."

"대체 침공 사실을 어떻게 알고……."

"징조가 있었거든요. 그래서 다른 영지에도 일단 연락을 돌렸었는데 우드빌 영지에서는 준비를 안 한 모양이더군요."

"그런 일이……."

그 말에 다니엘은 말문이 막혔다.

그러고 보니 얼마 전 다리안 영주에게서 마수들이 침공할지도 모르니 대비를 하라는 서한이 전해져 왔다는 이야기를 들었다.

물론 그걸 들은 바론 남작이 코웃음을 치며 무시해 버렸지만.

그리고 뒤늦게 그 사실을 떠올린 다니엘은 전신에서 힘이 쭉 빠졌다.

바론 남작이 다리안 영주의 경고를 받아들였으면 피해가 크지 않았을 테니까.

"그래서 말인데 제안이 있습니다."

"제안요?"

"네."

나이젤은 마음이 흔들리고 있는 다니엘을 바라보며 빙긋 웃어 보였다.

이제 그를 손에 넣을 시간이었다.

"저희 영지로 오시죠."

"예?"

생각지도 못한 말에 다니엘은 멍한 표정을 지었다.

하지만 얼마 지나지 않아 나이젤의 말뜻을 이해했다.

"하, 하지만 전 우드빌 영지에 소속되어 있는 병사입니다. 그렇게 쉽게 나갈 수는……."

다니엘은 나이젤의 말에 부정적인 의사를 보였다.

휙휙휙휙휙!

하지만 말과는 달리 몸은 정직했다.

검은 늑대 꼬리가 풍차처럼 힘차게 돌고 있었으니까.

그 모습을 본 나이젤은 작게 웃으며 말을 이었다.

"우드빌 영지가 남아 있다면 그렇죠. 하지만 아까도 말했다시피 마수들의 공격은 주기적으로 계속 올 겁니다. 처음 몇 번은 막을 수 있어도 그 이후에는……."

현 우드빌 영지군의 전력으로는 몬스터 플러드를 버티지 못한다.

아니, 거의 모든 변경 영지들 또한 마찬가지였다.

영지의 규모가 좀 크거나, 아니면 노팅힐처럼 처음부터 준비를 한 경우가 아니면 마수들의 파상 공세를 버티기 힘든 상황이니까.

"저희 영지가 없어지기라도 한다는 말입니까?"

다니엘의 물음에 나이젤은 고개를 끄덕였다.

앞으로 시작될 몬스터 플러드로 인해 우드빌 영지는 확실하게 멸망한다.

그 전에 영지민들을 조금씩 피난시켜야 했다.

'그래서 가장 먼저 우드빌에 온 거지만.'

나이젤은 속으로 쓴웃음을 지었다.

슈테른 제국 동부 변경 지역에서 노팅힐을 제외하고 가장 먼저 위험에 빠지는 영지는 다름 아닌 우드빌이었다.

그리고 우드빌 영지에는 나이젤이 영입 1순위로 꼽고 있는 다니엘과 쓸 만한 능력을 가진 인재들이 있었다.

우드빌 성채 도시가 없어진다면 그들은 자유가 된다.

그때 그들을 영입해서 피난민들 일부와 함께 노팅힐 영지로 보낼 생각이었다.

'피난민들을 전부 받고 싶지만 불가능한 일이지.'

우드빌 성채 도시의 인구수는 약 1만에 육박한다.

당연히 그들 모두를 받아들일 수는 없었다. 또한, 우드빌 영지민들 중에서도 노팅힐에 오고 싶어 할 사람이 과연 얼마나 될까?

거의 대부분의 피난민들은 변경보다 좀 더 안전한 내륙 쪽 거대 영지로 가게 될 것이다.

"하루. 하루만 생각할 시간을 주시겠습니까?"

다니엘은 고심에 찬 표정으로 나이젤을 바라보며 말했다.

"네. 그러세요."

나이젤은 서두르지 않았다.

오늘 다니엘에게 이야기한 내용만 해도 충격적인 사실들이 많았으니까.

계속되는 마수들의 파상 공세.

그 때문에 성채 도시를 버리고 시민들을 피난시켜야 한다는 사실까지.

당장 결정할 수 있는 문제가 아니긴 했다. 다니엘을 따르는 병사들이나, 우드빌 영지를 운영하는 관리들과 이야기를 나눠야 할 테니까.

'아직 시간이 있으니 괜찮겠지.'

불과 몇 시간 전에 워킹 앤트들을 몰아냈다.

앞으로 최소 며칠에서 한 달 정도 마수들의 공격은 없을 터.

"그럼 좋은 결과 기다리겠습니다."

나이젤은 다니엘을 향해 웃으며 말했다.

그리고 다니엘 앞에서 몸을 돌리는 순간 입꼬리를 살짝 치켜올렸다.

'하루 정도는 충분히 기다려 줄 수 있지. 다니엘을 얻을 수 있다면야.'

사실상 다니엘의 영입은 성공이라고 볼 수 있었다.

[다니엘 크라이튼의 호감도가 1 올랐습니다. 다니엘이 당신에게 감사함을 느낍니다.]

[다니엘의 호감도가 90을 돌파했습니다! 다니엘이 당신을 친숙한 은인이라고 생각합니다.]

다니엘의 사무실에서 대화를 나누는 사이 가끔 호감도가 올랐다는 메시지가 올라왔었으니까.

그리고 이제 호감도가 90을 돌파하면서 친숙함을 느끼기 시작한 상황.

'호감도가 90인데 영입이 실패할 리는 없겠지.'

나이젤은 다니엘이 자신의 제안을 받아들일 거라 믿어 의심치 않았다.

호감도가 높은 이유도 있지만, 무엇보다 다니엘에게 빚을 지워 놓았다.

고지식한 다니엘은 어떻게든 은혜를 갚으려 할 것이다.

그리고 나이젤이 원하는 건 다름 아닌 다니엘이었다.

그러니 사실상 다니엘의 영입은 끝난 것과 마찬가지였다.

'그럼 다른 사람들을 만나러 가 볼까?'

성채 도시 정문에서 얼마 떨어지지 않은 다니엘의 집무실에서 나온 나이젤은 곧장 카테리나를 찾아갔다.

그녀와 함께 우드빌 성채 도시를 돌아볼 생각이었으니까.

*   *   *

"도시 상황은 어때?"

"좋지 않아요."

"역시 그런가."

나이젤은 생각에 잠겼다.

다니엘의 사무실에서 나온 후 카테리나와 함께 우드빌 성채 도시의 정면 벽을 둘러보고 있는 중이었다.

"폭동의 가능성은?"

"그 정도까지는 아직 아닌 것 같아요. 우드빌의 병사들이 치안을 유지하기 위해 애를 쓰고 있으니까요. 하지만……."

"역시 문제는 바론 남작이지?"

"네."

나이젤의 말에 카테리나는 고개를 끄덕였다.

워킹 앤트들과의 전투 중이었을 때는 바론 남작이 영지를 버렸다는 사실이 알려지지 않았다.

하지만 전투가 끝나자 슬슬 소문이 퍼지기 시작한 상황.

만약 소문이 사실로 확인된다면 시민들이 폭동을 일으키게 될지도 몰랐다.

"영지군 병사들은?"

"치안 유지와 마수들 뒷정리 중이에요. 일손이 부족해서 문제지만요."

"그럼 아직까진 별문제는 없다는 거군."

"네."

고개를 끄덕이는 카테리나의 대답에 나이젤은 손으로 턱을 매만졌다.

다행히 시민들은 잠잠히 지내고 있는 모양이었다.

하지만 이제 바론 남작이 영지를 버렸다는 소식이 퍼질 것이고, 마수들의 파상 공세 때문에 피난을 가야 한다고 공표를 한다면 여러 가지 문제가 생길지도 몰랐다.

'그래도 최소한의 피해로 사태를 수습할 수 있지.'

다름 아닌 다니엘 크라이튼이라는 존재 덕분에.

다니엘은 병사들에게 인망이 높았으며, 시민들 또한 믿고 따르는 인물이었다.

그런 인물을 중용하지 않고 하위 무장 취급하는 바론 남작은 정말 사람 보는 눈이 없었다.

덕분에 나이젤이 다니엘을 영입할 수 있는 기회가 되었지만 말이다.

"좋아. 그럼 하루 이틀 정도 상황을 지켜보자. 어차피 내일까지 기다려야 되니까."

"정말 다니엘 님을 고용하실 생각인가요?"

"응. 왜? 걱정돼?"

"아니요. 나이젤 님이 하시는 일인 걸요. 그리고 저도 그분이라면 찬성이에요."

이미 카테리나는 나이젤이 다니엘을 영입하겠다는 이야기를 들었다.

그리고 다니엘이 어떤 인물인지 워킹 앤트들과 싸우면서 알 수 있었다.

영지를 지켜야 할 영주와 검들, 즉 기사들이 마수들의 침공을 두려워해 몰래 도망간 상황.

그런데 하급 무장에서 좌천을 당해 일반 병사 취급을 받게 된 우드빌 영지의 기사, 다니엘은 도망치지 않았다.

그는 오히려 병사들과 함께 남아 독려하며 마수들과 싸우고 있었다.

그 점만 봐도 다니엘이 어떤 인물인지 됨됨이를 알 수 있었다.

그렇기에 카테리나 또한 다니엘의 영입을 찬성한 것이다.

남은 건, 다니엘의 선택뿐.

"다니엘뿐만이 아니라 영지에 도움이 될 만한 사람들을 찾아서 영입할 생각이야. 리나도 우리 영지에 도움이 될 만한 사람이 있는지 찾아봐."

"네."

나이젤의 말에 카테리나는 고개를 끄덕이며 답했다.

평소 해리와 루크가 일에 치여서 죽겠다는 소리를 종종 들어왔던 터라, 그들에게 도움이 될 인물이 보이면 말이라도 한번 걸어볼 요량이었다.

그렇게 나이젤과 카테리나는 도시 외벽을 따라 걸었다.

바로 그때.

"저건?"

나이젤의 눈에 거대한 몬스터가 보였다. 다름 아닌 그랜드 앤트 퀸이었다.

앤트 퀸을 본 카테리나가 입을 열었다.

"아까 병사들한테 들었는데 뒤처리가 문제라고 해요."

"뭐, 크기가 저 정도니."

나이젤은 고개를 끄덕였다.

몸길이가 10미터에 달하다 보니 크기가 어마어마했다.

치우는 데 고생 좀 할 것 같았다.

실제로 앤트 퀸 주변에서 우드빌 영지군 병사들이 이걸 어떻게 치울지 곤란한 표정을 짓고 있었다.

"태워서 없애기도 아깝죠."

"마수의 시체는 좋은 소재니까 말이야. 갑옷 재료로 좋아 보이던데."

워킹 앤트의 딱딱한 피부 껍질은 방어구로 쓸 만했다.

물론 손질을 좀 해야겠지만 소재로서는 나쁘지 않았다.

하물며 4성 카오스 보스인 앤트 퀸은 얼마만 한 가치를 가지고 있을까?

'갈 때 좀 챙겨 가야지.'

나이젤은 앤트 퀸의 사체 일부를 회수해 갈 생각이었다.

뀨?

그때 갑자기 나이젤의 그림자 속에 있던 까망이가 고개를 불쑥 내밀었다.

"까망이 나왔구나. 이리 온."

부르지도 않았는데 귀여운 까망이가 고개를 내밀자 나이젤은 손을 뻗었다.

하지만 까망이는 나이젤의 손길을 거부했다.

"까, 까망아?"

귀여운 까망이가 손길을 거절하자 나이젤의 동공이 흔들렸다.

다다다!

그뿐만이 아니라 까망이는 지면을 내달리기 시작했다.

앤트 퀸이 있는 장소를 향해서.

"저, 저 녀석 설마?"

나이젤은 흠칫 놀란 표정을 지었다.

1성 워킹 앤트에 비해, 4성 카오스 보스인 앤트 퀸은 강철과도 같은 외피를 가지고 있었다.

그리고 까망이는 금속을 좋아한다.

즉, 까망이의 눈앞에 무려 10미터에 달하는 거대한 강철 덩어리가 있다는 소리와 다름이 없었다.

앤트 퀸과 싸웠을 때는 까망이도 지쳐서 가만히 있다가, 이제 어느 정도 회복을 하자 식욕이 돌아온 모양.

실제로 앤트 퀸을 향해 달려가는 까망이의 모습은 먹잇감을 발견한 맹수와도 같았다.

헥헥헥헥헥!

꺄우우우웅!

단지 그 모습이 귀여울 뿐.

"안 돼! 까망아!"

뒤늦게 나이젤은 까망이를 부르며 달려갔다.

"이상한 거 먹으면 안 돼!"

하지만 이미 늦었다.

까망이의 달려 나가는 속도는 가히 질풍신보급이었으니까.

쏜살같이 앤트 퀸을 향해 다가간 까망이는 눈빛을 반짝반짝 빛내며 입을 벌렸다.

까득! 까드득!

이윽고 까망이는 앤트 퀸의 다리를 뜯기 시작했다.

[당신의 소환수 까망이가 행복감을 느낍니다.]

'헐.'

눈앞에 떠오른 시스템 메시지를 본 나이젤은 헛웃음이 나왔다.

아무래도 앤트 퀸의 다리가 맛이 있는 모양이었다.

앤트 퀸의 다리 맛을 본 까망이는 이어서 몸통까지 뜯어 먹기 시작했다.

대체 저 조그마한 몸 어디에 앤트 퀸의 거대한 몸체가 들어가는지 신기할 지경이었다.

뀨우?

그때 까망이가 앤트 퀸의 몸통에서 무언가를 발견했다.

[당신의 소환수 까망이가 4성 카오스 보스 그랜드 앤트 퀸의 카오스 코어를 발견했습니다.]

'카오스 코어?'

나이젤은 의아한 표정을 지었다.

트리플 킹덤에서 보스 몬스터가 코어라는 걸 준 적이 없었기 때문이다.

'카오스 보스가 주는 건가?'

하지만 같은 카오스 보스 몬스터인 고블린 챔피언을 잡았을 때도 코어는 나오지 않았었다.

아무래도 고블린 챔피언은 튜토리얼이었고, 몬스터 플러드 시기 때 카오스 보스를 잡으면 주는 모양.

아니면 3성이나 4성 이상급을 잡아야 한다거나, 혹은 그저 랜덤으로 나온 것일 수도 있었다.

어찌 되었든 나이젤은 전리품으로 카오스 코어를 챙기기로 했다.

어디에 쓸지 조사를 해 봐야 했으니까.

"까망아, 일단 그거 나한테 줄……."

와득!

뀨?

'허억!'

나이젤은 놀란 표정을 지었다.

카오스 코어로 추정되는 검은색 구체를 까망이가 한 입 깨물며 귀엽게 고개를 꺾고 있었기 때문이다.

"까망아! 그거 뱉어!"

뒤늦게 나이젤이 소리쳤다.

하지만 늦었다.

와드득! 까드득!

까망이가 맛있게 마저 씹어 먹었으니까.

"아……."

나이젤은 멍한 표정으로 까망이를 바라봤다.

설마 카오스 코어를 씹어 먹을 줄이야!

그때 나이젤의 시야에 시스템 메시지가 주르륵 떠오르기 시작했다.

[당신의 소환수 까망이가 4성 카오스 코어를 섭취하였습니다!]
[4성 카오스 보스 그랜드 앤트 퀸의 특성 중 하나를 습득합니다!]
[까망이가 습득한 특성은…….]

『게임 씹어먹는 엑스트라』 4권에 계속…